Dans la toile du Serial Killer

Plongez au cœur du true crime et découvrez 10 histoires vraies terrifiantes de tueurs en série et d'affaires criminelles

Arthur Céleste

Selon le code de la propriété intellectuelle, copier ou reproduire cet ouvrage aux fins d'une utilisation collective est formellement interdit. Une représentation ou une reproduction partielle ou intégrale, quel que soit le procédé utilisé, sans que l'auteur ou ayant droit n'ait donné son accord, relève d'une contrefaçon intellectuelle aux termes des articles L.335 et expose les contrevenants à des poursuites.

Première Édition 2023.

Copyright : Le Corbeau Édition.

Sommaire

Introduction..1

Le Chuchoteur de l'Ombre...5

L'étrangleur de Boston..21

Les Ombres de Ted Bundy 37

Le Cauchemar de Green River - Gary Ridgway.......51

L'Horreur de Jeffrey Dahmer 65

Les Secrets de John Wayne Gacy. 79

L'Engrenage Mortel de Aileen Wuornos. 93

Les Tourments de l'Ange de la Mort : Harold Shipman. 107

Le Puzzle Macabre de Zodiac. 121

L'Abîme de l'Homme au Sac : Charles Cullen. 135

Épilogue. 147

Introduction.

Chers passionnés de « true crime »,

Vous tenez entre vos mains un livre qui n'est pas qu'une banale énumération d'histoires de tueur en série, mais une véritable immersion dans les profondeurs de l'âme humaine. Vous allez pénétrer dans un univers où la réalité dépasse de loin la fiction, un monde où le vrai crime, avec ses nuances sombres et complexes, se déploie dans toute sa terrifiante vérité.

Au travers de ces pages, vous allez découvrir une exploration minutieuse et parfois troublante de l'esprit des tueurs en série les plus notoires de l'histoire. Vous y découvrirez non seulement les actes macabres de ces individus, mais aussi les mécanismes psychologiques et les circonstances qui ont conduit à ces tragédies.

Nous allons plonger dans les esprits torturés de figures emblématique comme Ted Bundy, Gary Ridgway, le tueur de Green River, Jeffrey Dahmer et bien d'autres encore. Chaque récit dévoile non seulement les actes effroyables de ces individus, mais aussi les personnalités complexes et souvent contradictoires de ces criminels.

Mais attention ! Ce voyage dans l'obscurité humaine n'est pas fait pour les âmes sensibles. Il nous confronte à des vérités dérangeantes sur la nature humaine et la société dans laquelle nous vivons. Ces histoires, bien que difficiles, sont nécessaires. Elles nous rappellent que derrière chaque fait divers se cache une réalité humaine, souvent douloureuse et complexe.

Au fil des histoires, vous serez également confrontés à des questions troublantes : Qu'est-ce qui amène un individu à franchir la ligne entre le bien et le mal ? Comment notre société peut-elle à la fois engendrer et ignorer de telles horreurs ? Et surtout, comment pouvons-nous, en tant que communauté, répondre à ces actes et en tirer des leçons pour l'avenir ?
Ce livre ne prétend pas apporter toutes les réponses. Cependant, il vise à offrir une perspective plus profonde et nuancée sur des affaires qui ont souvent été simplifiées dans les médias. En mettant en lumière les histoires de ces tueurs et de leurs victimes, nous espérons susciter non seulement une compréhension, mais aussi une réflexion sur la complexité du true crime.

Puissions-nous en sortir avec une conscience plus aiguë de la fragilité de la condition humaine et une détermination renouvelée à chercher la vérité.
Préparez-vous à un voyage troublant, éclairant et, parfois, déconcertant au cœur de l'inhumain.

PS : Avant d'entamer véritablement votre lecture, permettez-moi de vous offrir quelque chose d'inédit ! Vous nous avez fait confiance en achetant ce livre et nous aimerions vous remercier en vous offrant une histoire audio exclusive : « Le Chasseur Hivernale » !

Plongez dans une dimension supplémentaire du true crime avec cette histoire audio captivante, racontant en détail les actes de l'un des tueurs en série les plus énigmatiques qui ai existé. Cette narration immersive vous transportera directement sur les lieux des crimes, vous faisant vivre l'histoire avec une intensité rarement atteinte à travers la lecture seule.

Pour recevoir GRATUITEMENT votre histoire audio « Le Chasseur Hivernal », scannez simplement le QR code ci-dessous.

C'est notre façon de vous remercier pour votre intérêt et votre passion pour les récits de true crime. C'est également une invitation à explorer plus profondément ce monde complexe et intrigant.

Je vous laisse maintenant reprendre votre lecture.

Bienvenue dans « La toile du Serial Killer ».

Le Chuchoteur de l'Ombre.

De merveilleux paysages à la fois envoûtants et pénétrants. Voilà ce qui caractérisait le plus la petite ville de Saint-Martin, bordée par ses rues pavées et des collines d'un vert éclatant. Mais en plein automne, la ville fut frappée par des disparitions plus terrifiantes les unes que les autres, ce qui jeta sur la ville un voile de frayeur et de mystère.

Un soir, alors que la nuit commençait à tomber sur Saint-Martin, on entendit des chuchotements, des voix qui discutaient des dernières disparitions mystérieuses dont le récit et les circonstances laissaient sans voix.
Élise Martin, c'est le nom de la première disparue. Les soirs, on la voyait souvent se balader dans les rues de Saint-Martin, profitant de l'air frais pour plonger dans ses réflexions. Mais un soir, le tour nocturne d'Élise Martin fut sans fin. On ne la revit plus. La nouvelle se répandit en un rien de temps. Il n'en fallait pas plus pour que la terreur gagne les cœurs, offrant aux riverains l'occasion de répandre des idées et croyances de tout genre. Les forces de l'ordre passèrent la ville au peigne fin pour retrouver la jeune femme, mais sans succès. Elle s'était comme volatilisée, ce qui ne rassurait personne à Saint-Martin.

La disparition d'Élise taraudait encore les esprits, lorsqu'on apprit la disparition du bibliothécaire, un homme apprécié de tous. Un jour, après une journée de travail, il se mit en route pour rejoindre son domicile, mais il n'y arriva jamais. Toutes les recherches de la police et les rondes que firent les habitants de Saint-Martin, torches en main, furent infructueuses. Pas de trace de l'homme et aucune piste à suivre pour le retrouver.

Avec ces deux cas, c'est toute la ville qui vivait désormais avec la peur au ventre. La quiétude connue à ces habitants qui traînaient dans les rues, avait cédé la place à la crainte et à la frayeur, les obligeant à changer leurs habitudes. Tous se hâtaient de rentrer chez eux et d'y rester, dès que la nuit commençait à tomber. Tout le monde ne parlait plus que de ces disparitions incompréhensibles. Chaque habitant craignait désormais pour sa vie et l'on se demandait si ces disparitions étaient liées. Qui se cachait derrière ces actes ? Chacun y allait de sa compréhension, et avec son imagination : secte, monstre, karma…

L'affaire avait été confiée aux agents les plus qualifiés et les plus expérimentés de la police qui n'arrivaient pourtant pas à avancer. Rien ne pouvait justifier les disparitions qui n'étaient pas liés. Et sans indice à suivre, les agents étaient aussi perdus. Les experts de la police scientifique firent le tour des derniers endroits où les victimes avaient été vues, sans rien trouver. Tout portait à croire que le responsable était très méticuleux dans sa sale besogne.

L'atmosphère était très lourde à Saint-Martin. C'est alors qu'un nouveau drame survint. Un vieillard habitué à se balader la nuit avec son chien, disparut. Par chance, sa dépouille fut découverte plus tard près du vieux pont. L'effroi se lisait dans les yeux écarquillés du promeneur nocturne, abandonnant ainsi son chien, retrouvé malheureux et triste près du corps. Ce départ précipité et orchestré plongea toute la ville dans une profonde inquiétude teintée de terreur.

La police tenait enfin quelque chose pour mener son enquête. Il y avait suffisamment d'indices sur la scène du crime, dont les images étaient insoutenables. La police scientifique, après analyse, conclut que le vieillard était mort d'une crise cardiaque. Son cœur n'avait pas supporté le choc reçu ou la frayeur qui l'envahit durant ses derniers instants.

Désormais, une chose était certaine : le responsable de ces drames était à Saint-Martin. Ce chuchoteur de l'ombre, dont la simple vue pouvait paralyser et faire mourir de frayeur, était tout près des habitants qui ne souhaitaient maintenant qu'une chose : découvrir son identité et le mettre hors d'état de nuire.

La vie avait été engloutie par la terreur et le mystère suite aux derniers événements. Les ruelles, jadis animées de vie et de bonne humeur, étaient désormais désertes. Tout le monde était sur le qui-vive. Cependant, grâce à la découverte de la dernière dépouille sur la scène du crime, la police disposait d'éléments concrets pour mener une enquête approfondie sur cette disparition tragique et les deux autres cas.

Le commissaire Dubois lui-même dirigeait l'équipe d'enquêteurs affectée à l'affaire. C'était un enquêteur brillant et expérimenté. Les affaires non résolues et bizarres étaient son quotidien. Très vite, il comprit qu'ils avaient affaire à un meurtrier atypique. Sous ses ordres, les différentes scènes furent réexaminées, mais cette fois avec un autre objectif : trouver la moindre faille dans le plan du scélérat, des détails qu'un enquêteur inexpérimenté ne considérerait pas.

Avec ses enquêteurs, M. Dubois refit le tour des derniers endroits où les victimes avaient été vues avant de disparaître, à la recherche d'indices oubliés. Ils sillonnèrent les rues dans cette nuit noire, lampes en main, donnant l'impression que des ombres géantes déambulaient à Saint-Martin, de quoi motiver les habitants à rester sagement chez eux. Malheureusement, leurs fouilles de cette soirée-là furent infructueuses. Rien de nouveau.

Un bruit courait depuis le dernier cas à Saint-Martin : il y avait « un chuchoteur de l'ombre » dans la ville. Bientôt, tous les habitants furent informés, ce qui augmenta le niveau de stress et d'angoisse. Selon les plus créatifs, il s'agissait d'un murmure épouvantable voyageant dans le vent de la nuit, et pour les enquêteurs autoproclamés, l'auteur se serait approché du vieux pont, couvert d'une tenue à capuche.

Les vieilles superstitions se mêlaient aux légendes et idées mystérieuses propagées par les habitants, formant un mélange presque impressionnant. Mais le commissaire Dubois s'interdisait de croire à tout ce qui se racontait. Pour lui, seuls les faits étaient importants, même si rien d'inhabituel n'avait encore été trouvé. Il entreprit de retourner une nouvelle fois sur la scène de crime du vieil homme et aperçut cette fois-ci un signe presque invisible, marqué sur un arbre non loin de la dépouille. Personne n'avait remarqué ce petit signe qui ressemblait étrangement à une vieille rune.

Avec ce nouvel indice, l'enquête prit une nouvelle tournure. Il fallait maintenant explorer l'univers des vieux rituels et des symboles pour découvrir le rapport entre ce signe et des rituels associés à la mort et à la terreur. Les enquêteurs se sont rapprochés de maîtres de l'occulte, même si M. Dubois hésitait à croire à un lien avec l'occultisme. Il voulait rester concentré, au cas où il s'agirait d'une ruse pour détourner leur attention.

Alors que des réponses commençaient à émerger, la ville fut frappée par la disparition d'une adolescente, fille d'un avocat réputé de Saint-Martin. C'était le comble. Les habitants étaient déboussolés. Bousculés par les médias locaux et nationaux qui se délectaient de ce dernier cas. Le commissaire et ses enquêteurs étaient désormais sous le feu des projecteurs. Ils devaient fournir des réponses et trouver le coupable.

Dubois trouva une forte motivation pour poursuivre son enquête. Chaque soir, des patrouilles arpentaient les rues. Les enquêteurs convoquèrent de nouveau les témoins pour les réinterroger, et les vidéos des caméras de surveillance étaient encore analysées. Mais en vain. Aucune trace du « chuchoteur de l'ombre » qui semblait être un fantôme ou un bruit terrifiant dans la nuit.

La quiétude avait déserté les rues de Saint-Martin où tout tournait autour d'une seule chose : trouver le mystérieux criminel avant qu'il ne frappe à nouveau. Chaque habitant angoissait à l'idée d'être la prochaine cible du chuchoteur, tapis dans l'ombre, guettant le moment idéal pour frapper.
Les rues trop calmes, étaient balayées par un vent sinistre, une atmosphère glaciale qui tenait tous les esprits en alerte. La prudence était devenue le maître-mot à Saint-Martin. La peur était palpable sur les visages, 24 h/24. La confiance avait disparu, car n'importe qui pouvait être le responsable de ces actes odieux. Dehors, les échanges étaient rares, tandis que l'équipe d'enquêteurs dirigée par M. Dubois, épuisée, se concentrait sans relâche sur

l'identification du chuchoteur avant qu'il ne fasse une nouvelle victime.

Jusqu'à présent, seuls des adultes avaient disparu. Mais avec la disparition de l'adolescente, il fallait prendre des mesures drastiques. Son père, bien connu, exigeait des réponses. Néanmoins, le commissaire gardait son sang-froid pour mener à bien l'enquête. Le seul indice qu'ils avaient était le signe gravé sur l'arbre près du corps, et il ne le perdait pas de vue.

Bien qu'ils ne croyaient pas à l'existence de ces pratiques, les enquêteurs devaient poursuivre les recherches dans cette direction. Ils contactèrent des anthropologues et des historiens pour en savoir plus. Les archives de Saint-Martin furent dépoussiérées, à la recherche d'un lien possible entre ces rituels et l'histoire de la ville. Peut-être que des légendes ou des récits historiques fourniraient davantage de réponses.

Parallèlement à ces recherches dans l'univers de l'occultisme, les enquêteurs prirent le temps d'écouter à nouveau tous ceux qui vivaient à Saint-Martin, considérant chaque avis, chaque idée avancée. Tous les soupçons étaient mis en commun dans l'espoir de trouver une piste pour résoudre l'enquête, mais en vain. Rien ne donnait d'indice précis sur l'identité ou la nature du chuchoteur de l'ombre qui était craint de tous.

Mais au moment où certains commençaient à perdre espoir, il y eut une avancée. Un matin, l'équipe d'enquêteurs reçut la visite d'un ancien archiviste de Saint-Martin qui vint avec une vieille carte détaillée de la ville, datant de plusieurs siècles. On y voyait des endroits marqués par le symbole que le commissaire avait vu sur le tronc d'arbre. En suivant ces signes, on découvrait un cercle particulier avec des traits menant à un endroit délabré et abandonné de la ville.

Sans grande conviction, le commissaire sélectionna quelques agents expérimentés pour enquêter discrètement sur cette piste. Une nuit, ils se dirigèrent vers cette zone abandonnée de Saint-Martin, munis de leurs lampes de poche. La prudence était de mise, car la zone était dissimulée au milieu de grands arbres et de pierres entremêlées.

À leur grande surprise, ils découvrirent une ancienne cave, à peine visible, dissimulée sous les décombres. À l'intérieur, il y avait des symboles gravés sur les murs, ainsi qu'un autel, sur lequel étaient disposées des bougies ayant déjà servi. Au centre de l'autel, se trouvait un vieux document. La page ouverte décrivait un rituel ancien associé à la mort et à la terreur. Le commissaire vit dans cette découverte une opportunité de résoudre l'énigme, même s'il faudrait plus qu'un document pour arrêter le responsable de ces actes.

Alors que les enquêteurs commençaient à délimiter le périmètre avec leur ruban, un cri strident leur parvint. Il venait du centre-ville. Tous se précipitèrent pour découvrir ce qui se passait. Pour le commissaire, c'était une nuit particulière, car ils avaient toutes les chances de capturer le criminel.

Cette nuit-là, l'inquiétude, le doute et la frayeur maintenaient tous les habitants en éveil. Seuls les agents de police étaient dehors, se ruant vers l'origine du cri, la peur au ventre, s'interrogeant sur ce qui les attendait.

Ce qu'ils découvrirent les marqua profondément. Des habitants s'étaient rassemblés au milieu de la place du village, entourant la jeune adolescente qui était là, en vie, mais visiblement traumatisée. Elle était prise de tremblements, le regard perdu, et personne ne comprenait ses paroles.

En se rapprochant d'elle, le commissaire remarqua que ses yeux étaient grands ouverts, emplis d'une peur terrifiante. Dans son discours incohérent, elle faisait allusion à une ombre, un murmure, une voix surgissant des ténèbres qui la tourmentait. La jeune fille tremblait et pleurait, ayant visiblement frôlé la mort. Malgré le spectacle intrigant et effrayant, on se réjouissait de la revoir.

Avec le retour de la jeune fille, l'enquête allait s'accélérer. Elle fut transportée d'urgence à l'hôpital pour des soins, et un périmètre de sécurité fut établi là où elle avait été trouvée. Avant de partir avec les secouristes, elle saisit brusquement la main du commissaire et lui murmura des mots évoquant des yeux qui observaient dans la nuit.

En se rendant à la cave récemment découverte, M. Dubois ne cessait de penser aux paroles de la fille. La fouille de la vieille cave ne révéla rien de concluant, à part que celui qui l'avait utilisée était ou serait lié au chuchoteur de l'ombre. Pour le commissaire, il s'agissait d'un habitant de Saint-Martin, un ancien qui connaissait bien la ville.

Le lendemain, Dubois rassembla son équipe pour revoir et réanalyser tout ce qui avait un lien avec l'enquête : interrogatoires, indices, vidéos, etc. Un chemin commençait peu à peu à se dessiner. En reliant les éléments, le commissaire découvrit que l'endroit indiqué par les lignes de la vieille carte n'était autre que la bibliothèque de Saint-Martin. Cette vieille construction, pleine de mystères et de connaissances, semblait désormais au cœur de l'enquête. Il se demandait s'il y avait un lien entre les disparitions et la bibliothèque.

Rapidement, toute l'équipe s'y rendit pour la fouiller minutieusement. Les anciens livres et les étagères furent inspectés, à la recherche d'indices. En déplaçant les meubles, ils découvrirent, cachée derrière de vieux livres longtemps oubliés, une entrée secrète. Avec courage, M. Dubois l'ouvrit, révélant un petit escalier qui menait à une pièce remplie de livres, de documents, de vieux rituels, et de portraits des disparus. Au milieu de la pièce se trouvait un bureau sur lequel étaient éparpillées les notes du tueur, révélant l'étendue de sa démence. Ils se trouvaient dans le sanctuaire du chuchoteur de l'ombre.

Soudain, ils entendirent des bruits. C'était un homme caché derrière un rideau, récitant des incantations. Cet homme, ils le connaissaient tous. Ils avaient devant eux le bibliothécaire, disparu depuis longtemps, mais profondément transformé. Ses yeux rouges, semblables à ceux d'un possédé errant dans les ténèbres et la terreur, les fixaient intensément.

M. Dubois comprit que c'était le vieux bibliothécaire, devenu fou, qui se cachait derrière tous ces événements. Toutefois, il restait encore des zones d'ombre à éclaircir.

Menotté, le bibliothécaire murmurait des mots incohérents, le regard perdu, comme s'il ne trouvait plus d'issue pour sortir de ce monde dans lequel il s'était visiblement égaré. Les enquêteurs découvrirent plus tard qu'il s'était laissé absorber par les légendes sombres et les rituels oubliés, qui avaient fini par lui faire perdre la raison. Pour lui, c'était une évasion de la routine de sa vie trop banale vers des réalités surnaturelles et terrifiantes.

En examinant les notes du vieil homme, ils découvrirent son carnet, qui révélait toute la folie et l'irréalisme de ses pensées et de ses actes. Il y consignait ses visions et tout ce qu'une supposée voix émanant des ténèbres lui dictait. Chaque disparition faisait partie d'un plan visant à accomplir un rituel pour atteindre un niveau de spiritualité supérieur.
Le chuchoteur fut arrêté, mais rien ne pouvait effacer les dommages causés aux familles endeuillées et bouleversées par ses actes. Le commissaire avait rendu son rapport, mais il ne pouvait fournir de réponses suffisantes pour expliquer aux familles pourquoi ces malheurs s'étaient abattus sur elles. C'était simplement le résultat de la folie d'un homme.

La ville, perturbée par ces événements, retrouva progressivement une certaine tranquillité. Des veillées furent organisées pour les disparus, où les habitants se remémoraient leur vie et tentaient de renouer les liens. Saint-Martin abritait désormais des habitants unis par le deuil et la résilience.

Pour le commissaire, cette affaire était un cas de plus dans sa carrière, mais une expérience qui lui avait révélé l'étendue de la folie humaine. Il réalisait désormais que l'esprit et l'imagination pouvaient engendrer des réalités terrifiantes et inimaginables pour le commun des mortels.

Il classa l'affaire du chuchoteur de l'ombre, bien qu'il n'ait pas obtenu toutes les réponses qu'il recherchait. La transformation du bibliothécaire en chuchoteur de l'ombre dépassait l'entendement humain, et il aurait aimé comprendre jusqu'où peuvent mener une curiosité irraisonnable et une obsession démesurée.

Malgré son insatisfaction, le commissaire se résolut à laisser le passé derrière lui pour protéger la population contre de tels actes. Il quitta son bureau, soulagé d'avoir libéré Saint-Martin du chuchoteur de l'ombre, un personnage que les habitants n'oublieraient pas de sitôt.

Note de réflexion.

Chers lecteurs,

Au terme de cette virée palpitante et passionnante dans le récit du « *Le chuchoteur de l'ombre* », il est opportun de faire une pause pour réfléchir sur la noirceur qui peut habiter l'esprit humain.

Le personnage central de ce récit, l'auteur de tant d'actes mystérieux, le bibliothécaire, n'est que le reflet des ténèbres présentes en chaque homme. Apparaissant normal, simple et apprécié de son entourage, il s'est révélé être un malfaiteur silencieux, séduit par le charme de l'occultisme et des rituels anciens. On pourrait s'interroger sur le processus qui l'a transformé en un vieux fou épris de l'ombre, pour découvrir ce qui peut nous pousser à l'extrémisme dans nos actes, un extrémisme souvent insoupçonné par ses victimes.

Cette histoire nous enseigne que tout être humain est capable du pire si des événements viennent réveiller la noirceur qui sommeille en lui. Si pour le protagoniste de notre histoire, ce fut l'amour des rituels anciens et la quête d'une réalité surnaturelle, qu'en est-il de nous ? Notre part d'ombre proviendrait-elle de nos craintes, de nos croyances, ou de toutes ces choses que nous n'avons jamais osé avouer ou exprimer ?

Il est essentiel de garder en mémoire que chaque individu est unique, façonné par ses expériences, son vécu et son histoire. Cependant, il est crucial de reconnaître la part d'ombre en nous et de la comprendre pour savoir qui nous sommes vraiment et éviter de sombrer dans des abîmes, entraînés par nos côtés obscurs.

Cette histoire nous invite à considérer ce à quoi nous pourrions nous attendre lorsque nous perdons le contrôle de nous-mêmes et d'une part de notre être. Restons donc vigilants.

Gardez précieusement cette histoire, non seulement pour vous y replonger à l'occasion, mais aussi pour ne pas oublier les mystères de la nature humaine.

L'étrangleur de Boston.

Dans le Boston des années 1960, une ville battue par les vents froids de l'Atlantique, un mal insidieux commença à tisser sa toile. Les rues, bordées de bâtiments en brique et empreintes d'histoire, devinrent le théâtre d'une série de crimes qui allaient marquer à jamais la ville. L'Étrangleur de Boston, comme il fut rapidement baptisé, n'était pas qu'un fantôme dans les pages des journaux, il était bien réel, et sa présence se faisait sentir dans chaque coin sombre, chaque pas inaudible dans l'obscurité.

Tout commença un matin gris d'automne, lorsque la nouvelle se répandit comme une traînée de poudre. Anna Slesers, une femme de 55 ans, avait été retrouvée morte dans son appartement, étranglée avec son propre collier de perles, qui avait éclaté sous la force du geste, dispersant les perles comme un chapelet macabre sur le plancher. La brutalité du crime secoua les habitants de la ville, mais ce n'était que le début d'une série terrifiante.

Les victimes suivantes ne tardèrent pas. Des femmes, souvent seules, retrouvées étranglées dans leurs appartements, avec une mise en scène macabre et des signes de lutte désespérée. La police était sur les dents, traquant le moindre indice, mais l'Étrangleur semblait toujours un pas devant, s'évanouissant dans les ruelles embrumées de la ville comme un cauchemar éveillé.

Le commissaire John Donovan, un vétéran grisonnant aux yeux fatigués, fut chargé de l'affaire. Avec son équipe, il fouillait chaque piste, chaque témoignage, mais les indices étaient maigres. L'Étrangleur ne laissait derrière lui que peur et questions sans réponses. La presse se déchaînait, les titres criards de journaux peignant un portrait d'une ville en proie à la terreur. Les habitants verrouillaient leurs portes, scrutant avec méfiance chaque visage croisé.

Au fur et à mesure que les mois passaient, le nombre de victimes s'accumulait. Chaque nouveau crime était un coup porté au cœur de Boston, chaque scène de crime une énigme tordue. Les victimes, bien que différentes, avaient toutes un point commun : leur vulnérabilité, exploitée avec une cruauté glaçante par un prédateur insaisissable.

L'affaire prit une tournure encore plus sombre lorsque Mary Sullivan, une jeune femme pétillante de 19 ans, fut retrouvée morte, étranglée et agressée de la manière la plus brutale. Ce meurtre, dans sa violence extrême, fit comprendre à Donovan et à son équipe qu'ils avaient affaire à un monstre d'une nature rarement rencontrée.

Les enquêteurs s'épuisaient, tournant en rond dans un labyrinthe d'indices contradictoires et de fausses pistes. Les profilers se penchaient sur le cas, tentant de dessiner le portrait psychologique de l'assassin, mais même leurs théories semblaient s'évaporer dans l'air dense de frustration et d'incertitude.

Dans les rues de Boston, l'ombre de l'Étrangleur planait toujours, un spectre menaçant qui semblait se jouer des efforts de ceux qui cherchaient à le capturer. Qui était-il ? Pourquoi ces femmes ? Les réponses à ces questions restaient enfermées dans l'esprit torturé de l'Étrangleur, un esprit que Donovan savait qu'il devait comprendre pour mettre fin à cette vague de terreur.

Dans les rues embrumées de Boston, où chaque pas résonnait d'un écho d'incertitude, l'angoisse montait crescendo. L'Étrangleur, tel un fantôme insaisissable, continuait sa danse macabre, défiant la police et terrifiant la population. Le commissaire John Donovan, les traits marqués par les longues nuits sans sommeil, se retrouvait confronté à un ennemi aussi énigmatique que cruel.

La pression sur Donovan et son équipe était écrasante. Chaque jour sans arrestation rendait le monstre un peu plus mythique, un peu plus terrifiant. Les médias, affamés de sensationnel, ne manquaient pas une occasion de rappeler leur impuissance. Mais Donovan, un homme de détermination, refusait d'abandonner. Il savait que chaque indice, aussi ténu soit-il, pouvait être la clé pour déverrouiller cette énigme.

Les victimes, toutes des femmes, étaient issues de différents milieux, rendant le motif du tueur difficile à cerner. La seule constante, la méthode d'exécution : une étranglation soignée, presque rituelle.

L'analyse des scènes de crime révélait un profil troublant : quelqu'un de méticuleux, d'organisé, et d'une brutalité glaciale.

L'équipe de Donovan se lança dans un travail minutieux, épluchant les dossiers des victimes, à la recherche de liens, de motifs, de quelque chose qui pourrait les mener à leur bourreau. Ils interrogèrent des centaines de personnes, suivirent d'innombrables pistes, mais chaque route semblait mener dans une impasse.

C'est alors qu'une découverte vint semer un vent d'espoir. Une empreinte partiellement effacée, trouvée sur une scène de crime, une empreinte qui ne correspondait à aucune des victimes. Donovan savait que c'était une piste fragile, mais c'était la première piste concrète qu'ils avaient.

Pendant ce temps, la ville de Boston était devenue un lieu de suspicion et de peur. Les habitants regardaient leurs voisins avec méfiance, se demandant si l'Étrangleur pouvait être l'un des leurs. Les rues, autrefois pleines de vie, se vidaient dès la tombée de la nuit. Les femmes, en particulier, étaient prises d'une peur palpable, sachant qu'elles pourraient être la prochaine cible.

Donovan et son équipe redoublèrent d'efforts pour analyser l'empreinte. Ils passèrent au crible les bases de données criminelles, mais sans correspondance parfaite. C'était comme chercher une aiguille dans une meule de foin. Donovan était convaincu que cette aiguille était là, quelque part.

Alors que l'enquête progressait lentement, une autre victime fut découverte. Cette fois, c'était une jeune étudiante, trouvée étranglée dans son studio. L'horreur de ce nouveau crime redoubla l'urgence de l'enquête. Donovan sentait que l'Étrangleur devenait plus audacieux, plus confiant. Il fallait l'arrêter avant qu'il ne frappe à nouveau.

La ville entière retenait son souffle, attendant le prochain mouvement de l'Étrangleur. Donovan, malgré la pression et le doute, restait inébranlable. Il savait que quelque part, dans les détails de ces crimes horribles, se cachait la vérité. Une vérité qu'il était déterminé à révéler, pour rendre justice aux victimes et ramener la paix dans les rues de la ville.

Boston, baignée dans une brume d'incertitude et de crainte, semblait suspendue dans un état d'alerte constant. L'Étrangleur, tel une ombre insaisissable, continuait sa série morbide, laissant derrière lui une traînée de victimes et un mystère qui s'épaississait de jour en jour. Le commissaire John Donovan, malgré la pression accablante et les nuits blanches, restait imperturbable dans sa quête pour mettre fin à ce cauchemar.

L'empreinte partiellement effacée retrouvée sur une scène de crime avait offert un mince rayon d'espoir, un fil ténu à suivre dans le labyrinthe complexe de l'enquête. Donovan et son équipe travaillèrent sans relâche, passant au peigne fin les dossiers criminels et les registres, espérant trouver une correspondance. Mais l'Étrangleur semblait toujours avoir un coup d'avance, se dissimulant derrière un voile d'anonymat presque impénétrable.

La peur dans les rues de Boston était palpable. Les femmes changeaient leurs routines, évitaient de sortir seules, et les conversations tournaient invariablement autour du monstre qui hantait leur ville. La paranoïa s'installait, alimentée par les rumeurs et les spéculations. Chaque homme pouvait être l'Étrangleur, chaque ombre pouvait cacher la mort.

Dans ce climat tendu, une percée survint. Un informateur anonyme contacta le commissariat, prétendant avoir des informations cruciales sur l'Étrangleur. Donovan, prudent mais désespéré de trouver une piste solide, organisa une rencontre discrète. L'informateur, un homme nerveux aux yeux fuyants, révéla que l'Étrangleur fréquentait un certain bar du centre-ville, un lieu sombre où se côtoyaient les âmes perdues de la nuit.

Armé de cette information, Donovan monta une opération de surveillance autour du bar. Nuits après nuits, ses hommes observèrent, scrutant chaque client, chaque visage. C'était un travail de patience, une attente tendue dans l'ombre des ruelles, sous le scintillement des néons.

C'est alors qu'une figure attira leur attention. Un homme d'une quarantaine d'années, solitaire, aux allures soignées, fréquentait régulièrement le bar. Son comportement, discret mais observateur, résonna dans l'esprit de Donovan. Ils commencèrent à suivre l'homme, traçant ses mouvements, creusant dans son passé.

Leurs recherches menèrent à une découverte choquante. L'homme, Albert DeSalvo, avait un passé trouble, marqué par des démêlés avec la justice et des comportements étranges. Donovan sentit son instinct s'affirmer. Il pourrait être la clé qu'ils cherchaient depuis si longtemps.

Pendant ce temps, l'Étrangleur frappa à nouveau, ajoutant une autre victime à sa liste macabre. La ville était en émoi, la colère et la peur atteignant un point d'ébullition. Donovan savait qu'ils devaient agir vite.

Une opération fut mise en place pour capturer DeSalvo. La tension était à son comble alors que les policiers se préparaient à affronter celui qu'ils croyaient être l'Étrangleur. La nuit de l'opération, Boston retenait son souffle, espérant enfin la fin du cauchemar.

Dans les rues sombres, l'équipe de Donovan se déplaçait silencieusement, convergente vers l'appartement de DeSalvo. Chaque pas les rapprochait d'une confrontation avec le mal incarné, chaque battement de cœur résonnait avec l'espoir de justice pour les victimes.

La nuit enveloppait Boston de son manteau sombre et silencieux, une toile de fond parfaite pour le dénouement d'une traque qui avait tenu la ville en haleine. Le commissaire John Donovan, accompagné de son équipe d'élite, se rapprochait de l'appartement d'Albert DeSalvo. Chaque pas dans l'obscurité résonnait d'une gravité immense, chaque respiration marquée par l'anticipation et l'anxiété.

L'opération était le fruit de mois d'enquête, d'innombrables heures passées à assembler les pièces d'un puzzle terrible et compliqué. Alors que les policiers se postaient autour du bâtiment, prêts à intervenir, Donovan ne pouvait s'empêcher de penser aux victimes, aux vies brutalement interrompues, aux familles brisées. Ce soir, il était déterminé à clore ce chapitre sombre de l'histoire de Boston.

DeSalvo, jusque-là inconscient du piège qui se refermait sur lui, était à portée de main. Les officiers, armés et tendus, attendaient le signal de Donovan. Le silence était presque palpable, rompu seulement par les murmures des radios et le battement du cœur des hommes et femmes en embuscade.

Donovan donna l'ordre. La porte de l'appartement fut enfoncée. Les officiers pénétrèrent dans l'appartement, leurs lampes torches perçant l'obscurité, leurs voix fermes annonçant leur présence. DeSalvo fut pris par surprise, son visage trahissant un mélange de choc et de résignation.

La scène qui suivit fut chaotique mais sous contrôle. DeSalvo fut rapidement maîtrisé et menotté. Alors qu'il était emmené, les regards des officiers se croisaient, exprimant un soulagement mêlé d'incrédulité. Après des mois de traque, l'Étrangleur de Boston était enfin entre leurs mains.

Les jours qui suivirent furent un tourbillon d'activités. DeSalvo fut interrogé, confronté aux preuves accumulées. Au début réticent, il commença bientôt à parler, dévoilant les détails de ses crimes avec une froideur qui glaçait le sang. Ses aveux furent un mélange déroutant de faits et de fictions, rendant difficile de démêler la vérité de ses fantasmes.

Pour Donovan et son équipe, c'était à la fois une victoire et un défi. La capture de DeSalvo avait apporté une réponse, mais de nombreuses questions demeuraient. Les preuves étaient-elles suffisantes pour le lier à tous les crimes ? Comment un homme apparemment ordinaire avait-il pu se transformer en un monstre aussi impitoyable ?

La ville de Boston, quant à elle, était partagée entre le soulagement et la perplexité. Les nouvelles des aveux de DeSalvo se répandaient, apportant une certaine clôture aux familles des victimes. Mais pour beaucoup, les réponses fournies ne pouvaient compenser la perte de leurs proches. Les cicatrices laissées par l'Étrangleur de

Boston resteraient à jamais gravées dans la mémoire de la ville.

Donovan, malgré la réussite de l'opération, se sentait troublé. La justice avait été rendue, mais à quel prix ? La nature complexe et parfois contradictoire des aveux de DeSalvo laissait un goût amer. La vraie nature de l'homme derrière l'Étrangleur de Boston restait un mystère, une énigme enveloppée dans les ombres de l'esprit humain.

Les rues de Boston, autrefois assiégées par la peur, commençaient lentement à retrouver un semblant de normalité. L'arrestation d'Albert DeSalvo, l'homme que l'on pensait être l'Étrangleur de Boston, avait apporté une certaine fin à la terreur qui avait étreint la ville. Cependant, pour le commissaire John Donovan et son équipe, les pièces du puzzle restaient éparpillées, une image incomplète qui défiait la résolution.

Alors que DeSalvo se trouvait derrière les barreaux, ses aveux détaillés étaient scrutés avec scepticisme. Il parlait avec une assurance qui frôlait l'arrogance, décrivant ses actes avec une précision qui oscillait entre la vérité et la fabrication. Donovan, un homme habitué à lire entre les lignes, sentait que l'homme cachait encore des secrets, des fragments de vérité dissimulés dans ses récits.

L'enquête prit un tournant décisif lorsqu'il fut révélé que certaines des confessions de DeSalvo ne correspondaient pas aux faits des crimes. Des incohérences apparurent, des détails qui ne concordaient pas. Donovan et son équipe étaient face à un dilemme : DeSalvo était-il vraiment l'Étrangleur de Boston ou un imposteur cherchant une notoriété macabre ?

Dans les semaines qui suivirent, un débat animé secoua le département de police et l'opinion publique. Certains voyaient en DeSalvo un monstre, l'incarnation même de l'Étrangleur, tandis que d'autres doutaient, pointant du doigt les failles dans ses aveux et dans les preuves. Donovan, quant à lui, était tiraillé entre son désir d'apporter justice aux victimes et son engagement envers la vérité.

Le procès de DeSalvo fut un événement médiatique, attirant l'attention du pays tout entier. Les témoignages s'enchaînèrent, entre experts forensiques, psychologues et témoins. DeSalvo, avec son charisme étrange et sa personnalité complexe, fascinait et horrifiait à la fois.

Au cœur de ce tourbillon, Donovan se trouvait souvent perdu dans ses pensées, réfléchissant à la nature humaine et à ses abîmes. L'affaire avait révélé les côtés les plus sombres de l'âme, un abîme où se mêlaient la violence, la manipulation et le mystère. Il se demandait si la véritable identité de l'Étrangleur de Boston serait un jour dévoilée ou si elle resterait à jamais un chapitre inachevé dans les annales criminelles de la ville.

Finalement, DeSalvo fut condamné, mais pas sans controverses et doutes persistants. Pour beaucoup, le mystère de l'Étrangleur de Boston restait non résolu, une série de questions sans réponses claires.

Les années passèrent, et l'affaire devint une partie intégrante de l'histoire sombre de la ville, un récit qui continuait de hanter les esprits. Donovan, maintenant à la retraite, regardait parfois par sa fenêtre, observant les rues de Boston, et se demandait si les ombres du passé pouvaient jamais être complètement éclairées.

L'histoire de l'Étrangleur de Boston demeurait gravée dans la mémoire collective, un rappel sombre que, parfois, les histoires les plus terrifiantes ne sont pas celles inventées, mais celles qui se sont réellement produites, dans les rues de notre propre ville.

Note de Réflexion : La Complexité de la Vérité dans les Affaires Criminelles.

Chers lecteurs,

Alors que vous venez de tourner la dernière page de « L'Énigme de l'Étrangleur de Boston », je vous invite à vous attarder un instant sur un aspect crucial de cette histoire : la complexité et l'ambiguïté de la vérité dans les affaires criminelles.

L'affaire de l'Étrangleur de Boston, avec ses multiples couches, ses contradictions et ses mystères non résolus, nous rappelle que la vérité dans de telles enquêtes n'est pas toujours claire ou simple. Les aveux d'Albert DeSalvo, entremêlés de vérités et de fabrications, soulignent la difficulté de démêler les faits réels des illusions créées par des esprits perturbés.

Cette histoire nous confronte à la question délicate de la fiabilité des aveux et de l'interprétation des preuves. Elle met en lumière le défi auquel sont confrontés les enquêteurs, les jurés et les juges : comment discerner la vérité dans un enchevêtrement de preuves parfois contradictoires et de témoignages troublants ?

De plus, l'affaire nous invite à réfléchir sur la nature de la justice. Comment peut-on être sûr d'avoir capturé le vrai coupable ? Comment peut-on équilibrer la quête de justice pour les victimes avec le droit à un procès équitable pour l'accusé ? Ce sont des questions qui restent d'actualité dans notre système judiciaire, et qui exigent une considération constante.

Enfin, L'Énigme de l'Étrangleur de Boston est un rappel que derrière chaque affaire criminelle, il y a des vies humaines affectées - les victimes, leurs familles, mais aussi les personnes faussement accusées ou celles dont les crimes restent inexpliqués. Chaque histoire est un drame humain complexe, méritant notre empathie et notre compréhension.

En vous laissant avec ces réflexions, j'espère que cette histoire ne sera pas seulement un récit captivant, mais aussi une invitation à penser plus profondément aux mystères et aux défis de la recherche de la vérité dans le monde réel.

Les Ombres de Ted Bundy.

Dans le creuset tumultueux des années 1970, un homme, aussi charmant qu'énigmatique, écrivait une page sombre de l'histoire criminelle américaine. Son nom était Ted

Bundy, un nom qui allait devenir synonyme de terreur et d'une brutalité insondable. Cette histoire, celle des ombres qu'il a laissées derrière lui, commence dans les rues tranquilles de Seattle, où le quotidien était sur le point d'être brisé par une série de disparitions mystérieuses.

À première vue, Bundy était l'incarnation même du jeune Américain prometteur. Étudiant brillant, bénévole dans une ligne d'écoute pour suicidaires, il avait une manière de se présenter qui inspirait confiance et sympathie. Cependant, sous ce vernis de normalité, se cachait un abîme de ténèbres.

La première victime, une jeune femme nommée Lynda Healy, disparut une nuit glaciale de janvier. Elle avait été vue pour la dernière fois dans sa chambre, plongée dans un sommeil paisible. Le matin suivant, Lynda avait disparu, ne laissant derrière elle qu'un lit soigneusement refait et une absence criante. La nouvelle de sa disparition se répandit rapidement, semant une vague d'inquiétude parmi la population.

Les mois suivants, d'autres jeunes femmes commencèrent à disparaître. Chacune d'entre elles était attrayante, aux cheveux longs, souvent séparés au milieu, comme si le ravisseur suivait un schéma précis, une signature macabre. La communauté de Seattle était sous le choc. Qui pourrait s'en prendre à ces jeunes femmes sans défense ? Pourquoi ? Les questions se multipliaient, mais les réponses restaient insaisissables.

Pendant ce temps, Bundy continuait sa vie, dissimulant son véritable visage derrière un masque de normalité.

Mais derrière ses yeux se cachait un regard de prédateur, calculateur et froid. Il observait, choisissait ses victimes avec soin, planifiant ses actes avec une précision diabolique.

La police, désespérément à la recherche d'indices, se trouvait confrontée à un adversaire insaisissable. Les enquêteurs travaillaient jour et nuit, épluchant les témoignages, analysant les scènes de disparition, mais Bundy demeurait toujours un fantôme, un spectre juste hors de portée.

C'est lors d'une chaude journée d'été que le masque de Bundy commença à se fissurer. Deux femmes disparurent au lac Sammamish, un lieu populaire où Bundy avait été vu, se présentant sous le prénom de « Ted ». Des témoins se souvenaient d'un homme charmant, demandant de l'aide pour son bateau. Ces détails, pour la première fois, donnaient un visage à la terreur.

La traque s'intensifia, l'image de Bundy étant désormais connue des autorités. Mais l'homme qui se cachait derrière cette façade amicale était un caméléon, capable de se fondre dans la société, échappant sans cesse aux mailles du filet.

Dans les méandres sombres de l'histoire de Ted Bundy, un tournant sinistre se dessinait, révélant l'étendue horrifiante de ses actes.

Après la disparition de deux femmes au lac Sammamish, le visage jovial de Bundy commença à se graver dans la conscience collective, non plus comme celui d'un citoyen ordinaire, mais comme celui d'un monstre en liberté.

La police, maintenant armée d'une description et d'un prénom, intensifia ses efforts. Les portraits-robots de Bundy circulaient, et chaque information semblait ne mener qu'à plus de questions. Comment un homme apparemment si charismatique et intégré dans la société pouvait-il être responsable de telles atrocités ? La dualité de Bundy défiait toute compréhension.

Parallèlement, dans l'ombre de cette enquête, Bundy continuait son macabre périple. Les disparitions s'enchaînaient, frappant aléatoirement, laissant derrière elles une traînée de douleur et d'incertitude. Chaque nouvelle victime semblait témoigner d'une escalade dans la brutalité, une signature qui devenait de plus en plus distincte aux yeux des enquêteurs.

C'était une période de terreur palpable, les communautés du Nord-Ouest Pacifique vivant dans la crainte constante d'une nouvelle disparition. Les femmes changeaient leurs habitudes, évitant de sortir seules la nuit, et les campus universitaires, où Bundy chassait souvent, devenaient des lieux de méfiance et d'angoisse.
La pression sur les forces de l'ordre s'accentuait. Des équipes spéciales furent constituées, des profilers engagés, dans l'espoir de cerner la psychologie de ce prédateur insaisissable. L'enquête s'étendit, couvrant les moindres recoins des vies de Bundy et de ses victimes, dans l'espoir de trouver une faille, un indice qui pourrait mener à sa capture.

Pendant ce temps, Bundy, conscient de l'étau qui se resserrait, devenait de plus en plus prudent. Il modifiait ses méthodes, ses zones de chasse, se déplaçant avec une facilité déconcertante entre les différents États d'Amérique. Son charme et son intelligence lui permettaient de se fondre dans la foule, de rester invisible jusqu'à son prochain passage à l'acte.

Cependant, les enquêteurs accumulaient lentement des preuves. Des témoins se manifestaient, des détails s'assemblaient, et peu à peu, l'image de Bundy se précisait. Chaque victime, chaque scène de crime ajoutait une pièce à ce puzzle macabre.

La tension atteignit son apogée lorsqu'une nouvelle victime fut retrouvée, les preuves laissant peu de doute sur l'identité du coupable. La chasse à l'homme devint une priorité nationale, les médias relayant chaque piste.

Bundy, cependant, semblait toujours hors d'atteinte, se déplaçant comme une ombre parmi les vivants, un fantôme porteur de mort. La question n'était plus de savoir s'il allait frapper à nouveau, mais où et quand allait-il frapper.

Au cœur des ténèbres qui s'étaient abattues, la présence fantomatique de Ted Bundy planait telle une malédiction. La série de meurtres qu'il avait perpétrée semblait suivre un fil sinistre, tissant un labyrinthe d'horreur que ni la police ni le public ne pouvaient déchiffrer. Chaque nouvelle victime ajoutait à l'effroi collectif, chaque indice semblait mener dans un dédale plus profond.

Les enquêteurs, sous la pression croissante d'une affaire qui devenait un cauchemar national, travaillaient sans relâche. Les profilers tentaient de décrypter l'esprit de Bundy, un esprit marqué par une intelligence froide et calculatrice, ainsi qu'une profonde perversion. Ses crimes, empreints d'une brutalité effroyable, dépeignaient le portrait d'un homme dénué de toute empathie, un prédateur se délectant de la souffrance de ses proies.

La traque de Bundy était devenue une affaire obsessionnelle pour le chef de l'enquête, le détective Robert Keppel. Nuit après nuit, il étudiait les dossiers, cherchant un motif, un schéma, quelque chose qui pourrait leur donner un avantage. Les rencontres de Bundy, ses déplacements, ses interactions – chaque détail était scruté à la loupe.

Pendant ce temps, Bundy, toujours insaisissable, continuait sa fuite macabre. Sa capacité à échapper à la capture suscitait des théories et des spéculations. Certains pensaient qu'il recevait de l'aide, d'autres que sa compréhension de la psychologie et du système judiciaire lui permettait de rester toujours un pas devant ses poursuivants.

La tension était à son comble lorsqu'un nouveau tournant survint. Bundy fut arrêté dans l'Utah pour un délit mineur, mais les preuves accumulées contre lui dans les affaires de meurtres étaient insuffisantes pour le maintenir en détention. Cet épisode fut une tragédie judiciaire, une opportunité manquée qui permit à Bundy de reprendre sa traque mortelle.

Les mois qui suivirent furent marqués par une série de disparitions et de meurtres qui laissaient peu de place au doute sur l'identité du coupable. Les victimes, jeunes femmes aux profils similaires, étaient retrouvées dans des états de mutilation qui glaçaient le sang. L'ombre de Bundy s'étendait désormais sur tout le pays, un spectre de la mort qui semblait impossible à arrêter.

Keppel et son équipe, malgré l'épuisement et la frustration, savaient qu'ils ne pouvaient abandonner. Chaque indice, chaque témoignage était un fil d'Ariane dans ce labyrinthe morbide. Ils étaient convaincus que Bundy ferait une erreur, que son arrogance le mènerait finalement à sa perte.

Et c'est dans une froide nuit de février en Floride que le destin de Bundy prit un virage inattendu. Après une série de crimes particulièrement brutaux dans une maison de sororité étudiante, Bundy fut finalement capturé. Cette arrestation marqua la fin d'une chasse à l'homme qui avait terrorisé une nation entière.

La capture de Ted Bundy dans la ville endormie de Pensacola marqua un tournant décisif dans une série de crimes qui avait tourmenté l'Amérique. La fin de sa cavale, aussi soudaine qu'inattendue, fut accueillie avec un mélange de soulagement et d'incrédulité. Bundy, l'homme aux multiples visages, le charmeur mortel, était enfin entre les mains de la justice.

Dans les jours qui suivirent son arrestation, les détails de ses crimes commencèrent à émerger dans une clarté terrifiante. Les enquêteurs, confrontés à l'ampleur de ses actes, tentaient de reconstituer le puzzle macabre de ses déplacements et de ses victimes. Les aveux de Bundy, lorsqu'ils vinrent, furent un mélange choquant de candeur et de déni, révélant l'étendue de sa dépravation.

Pour le détective Robert Keppel et son équipe, l'arrestation de Bundy était à la fois une victoire et un défi. Les preuves accumulées au fil des années devaient maintenant être liées à un homme dont la capacité à manipuler et à tromper avait dépassé toutes les attentes. Chaque entrevue avec Bundy était une plongée dans les profondeurs d'un esprit complexe et perturbé, une tentative de démêler le vrai du faux dans un labyrinthe de mensonges.

Les audiences judiciaires qui suivirent furent un spectacle médiatique sans précédent. Bundy, se représentant lui-même, attira l'attention du monde entier par son éloquence et son arrogance. Les salles d'audience étaient remplies de spectateurs et de journalistes, suspendus aux lèvres de celui qui avait semé la terreur et la mort.

Pourtant, derrière cette façade de confiance, se cachait la réalité d'un homme brisé, incapable de comprendre ou d'accepter la portée de ses actes. Les témoignages des survivants et les preuves accablantes peignaient un tableau sombre, celui d'un prédateur qui avait erré impunément, profitant des failles d'une société alors insouciante.

Le procès de Bundy fut une exploration complexe et douloureuse de la nature du mal. Les experts tentaient de sonder son esprit, de comprendre ce qui avait pu le pousser à commettre de tels actes. Mais Bundy, jusqu'au bout, resta une énigme, un puzzle que même les plus érudits avaient du mal à résoudre.

Alors que le procès progressait, une image se formait, celle d'un homme qui avait joué avec les vies humaines comme avec des pions sur un échiquier. Chaque victime, chaque histoire racontée au tribunal ajoutait une couche supplémentaire à la légende noire de Bundy.

Finalement, le verdict tomba. Bundy fut condamné à la peine de mort, une sentence qui semblait être la seule conclusion possible à une histoire de destruction et de désolation. Pourtant, même dans l'ombre de la mort, Bundy continuait de fasciner et d'horrifier, son nom devenant synonyme de l'incarnation du mal.

Alors que l'ombre de la mort planait sur Ted Bundy, enfermé dans sa cellule, une atmosphère de réflexion s'installa parmi ceux qui avaient suivi son parcours macabre. Les derniers jours de Bundy étaient comptés, et avec eux, la fin d'une époque marquée par la peur, l'horreur et l'incompréhension.

Les réflexions de Bundy dans ses derniers moments, ses conversations avec les prêtres, les psychologues et même avec les médias, étaient scrutées avec un mélange de fascination et de répulsion. Il parlait parfois avec une lucidité déconcertante, évoquant ses actes avec un détachement qui glaçait le sang, d'autres fois, il se perdait dans des dédales de déni et d'auto-justification.

Les familles des victimes, les survivantes, les enquêteurs et le public cherchaient une fin, une réponse aux nombreuses questions que Bundy avait laissées derrière lui. Mais les réponses étaient aussi évasives et insaisissables que l'avait été Bundy lui-même. Les aveux qu'il fit dans les dernières heures précédant son exécution apportèrent quelques vérités, mais laissaient également un voile d'incertitude sur l'étendue complète de ses crimes.

Le jour de son exécution, le 24 janvier 1989, une foule s'était rassemblée devant la prison, une foule divisée entre ceux qui réclamaient justice et ceux qui exprimaient leur opposition à la peine capitale. L'atmosphère était chargée d'une énergie étrange, une combinaison de soulagement, de tristesse, de colère et de morbidité.

Dans la chambre d'exécution, Bundy affronta son destin avec une résignation qui confinait à l'acceptation. Ses dernières paroles, un vague murmure d'excuses à ses victimes et à leurs familles, résonnaient d'un écho vide, insuffisant pour guérir les plaies ouvertes par ses actions.

Après son exécution, l'Amérique se retrouva à contempler le vide laissé par l'absence de Bundy. Les médias, les écrivains, les cinéastes et les chercheurs continuèrent à explorer et à interpréter sa vie et ses crimes, cherchant à comprendre ce qui avait conduit un homme à devenir un monstre si impitoyable.

La véritable énigme de Ted Bundy, cependant, restait sans réponse. Était-il le produit d'une nature intrinsèquement maléfique, ou les circonstances de sa vie l'avaient-elles façonné en un tueur en série ? Les débats autour de sa psychologie, de son enfance et de ses motivations continuèrent de hanter ceux qui cherchaient à comprendre les abîmes de l'esprit humain.

Dans les annales de l'histoire criminelle, Bundy se dressait désormais comme un sombre avertissement, une ombre rappelant que le mal peut se cacher derrière le masque le plus séduisant, et que les monstres ne sont pas toujours ceux que l'on imagine.

Note de Réflexion : La Dualité de la Nature Humaine.

Chers lecteurs,

Alors que vous venez de terminer l'histoire de Ted Bundy, un récit qui traverse les profondeurs les plus sombres de l'âme humaine, je vous invite à vous attarder un moment sur un aspect crucial de cette histoire : la dualité de la nature humaine.

Ted Bundy représente un cas extrême de cette dualité. D'un côté, il était un homme charismatique, intelligent, apparemment bien intégré dans la société. De l'autre, il était un prédateur impitoyable, capable d'actes d'une brutalité inimaginable. Cette dichotomie pose une question fondamentale : comment une personne peut-elle incarner à la fois la normalité et l'aberration ?

Cette histoire nous confronte à la complexité du mal. Bundy n'était pas simplement un monstre caricatural ; il était un être humain avec une histoire, des relations et une personnalité qui, en surface, semblaient ordinaires. Cela nous amène à réfléchir sur la nature du mal : est-ce une force extérieure qui s'empare d'un individu, ou est-ce une composante intrinsèque, une part sombre de notre propre nature ?

L'affaire Bundy soulève également des questions sur la perception et le jugement. Comment les personnes autour de Bundy ont-elles pu ignorer ou mal interpréter les signes de sa double vie ? Cette histoire met en lumière la capacité humaine à dissimuler, à manipuler et à tromper. Elle nous rappelle que les apparences peuvent être trompeuses et que comprendre véritablement une personne est souvent plus complexe qu'il n'y paraît.

En vous laissant avec ces pensées, j'espère que l'histoire de Ted Bundy ne sera pas seulement un récit captivant, mais aussi un sujet de réflexion sur la nature complexe et souvent contradictoire de l'être humain.

Le Cauchemar de Green River - Gary Ridgway.

Au cœur de la région paisible de Green River, dans l'État de Washington, une série de crimes effroyables allait bientôt déchirer la quiétude de cette communauté. C'était dans les années 1980, une décennie souvent rappelée pour son dynamisme et son insouciance, mais ici, elle serait marquée par une ombre sinistre, celle de Gary Ridgway, surnommé plus tard « Le Tueur de Green River ».

Ridgway, un homme apparemment banal, employé dans une usine de peinture, menait une double vie macabre. Sous des traits ordinaires se cachait un esprit tourmenté et obscur, une présence fantomatique qui allait bientôt semer la terreur.

La première victime, une jeune femme trouvée dans la rivière « Green », ne fut que le début d'une longue série macabre. Les corps commençaient à être découverts, l'un après l'autre, dans les bois, les rivières, et le long des routes désertes. Toutes étaient des femmes, souvent des jeunes filles en fugue ou des travailleuses du sexe, des personnes dont la disparition ne sonnait pas immédiatement l'alarme. Mais la récurrence des meurtres ne pouvait être ignorée. Une ombre s'était abattue sur Green River, une ombre qui allait rester pendant des années.

Le shérif du comté, confronté à cette vague de crimes, forma une équipe spéciale pour traquer le responsable de ces actes horribles. Les enquêteurs étaient face à un défi colossal : les scènes de crime ne laissaient que peu d'indices, et le tueur semblait connaître parfaitement la région, utilisant sa connaissance pour dissimuler ses actes.

Au fur et à mesure que l'enquête progressait, le profil du tueur de Green River commençait à se dessiner. Un homme connaissant bien la région, probablement un habitant, quelqu'un qui pouvait se fondre dans la communauté sans éveiller les soupçons. Mais qui pouvait-il être ? Les hypothèses étaient nombreuses, mais les preuves, elles, restaient insaisissables.

Les années passèrent, et le nombre de victimes continuait de s'accroître. La douleur et la frustration s'accumulaient dans la communauté et parmi les enquêteurs. Chaque nouvelle découverte de corps était un rappel cruel de leur échec à capturer le monstre qui se cachait parmi eux.

L'opération pour attraper le tueur de Green River devint l'une des plus longues et des plus coûteuses enquêtes de l'histoire des États-Unis. Des profilers furent appelés, des techniques d'investigation novatrices furent employées, mais Ridgway, avec son habileté à éviter d'attirer l'attention, demeurait insaisissable.

Ce n'est qu'avec l'avènement de nouvelles technologies et l'évolution des techniques d'analyse ADN que le voile commença à se lever sur l'identité du tueur. Lorsque Gary Ridgway fut enfin appréhendé, le soulagement fut immense. Mais ce soulagement était accompagné d'une horreur profonde en découvrant l'étendue et la brutalité des crimes de cet homme, qui avait vécu si longtemps caché à la vue de tous.

Alors que Gary Ridgway, l'insaisissable « Tueur de Green River », était enfin entre les mains de la justice, une nouvelle étape commençait : celle de la confrontation avec l'ampleur et la cruauté de ses crimes. L'arrestation de Ridgway avait mis fin à des années d'angoisse et d'incertitude, mais elle ouvrait également un chapitre sombre, celui de la révélation des actes monstrueux qu'il avait commis.

Dans les salles d'interrogatoire, les enquêteurs se trouvaient face à un homme qui contrastait étrangement avec l'image du tueur en série tel qu'on se l'imaginait. Ridgway n'avait rien du monstre sanguinaire des films d'horreur ; il semblait plutôt banal, presque effacé. Pourtant, derrière ce visage ordinaire se cachait un esprit tordu par des pulsions meurtrières.

Les interrogatoires étaient un mélange de patience, de stratégie et de confrontation psychologique. Les détectives, armés des avancées en matière d'analyse ADN, présentaient à Ridgway des preuves irréfutables le liant à plusieurs des meurtres. Face à cette évidence, Ridgway commença à s'ouvrir, dévoilant peu à peu les détails glaçants de ses crimes.

Il parlait de ses victimes, des femmes et des jeunes filles souvent vulnérables, avec un détachement et une indifférence qui glaçaient le sang. Chaque récit était un voyage dans l'esprit d'un homme pour qui la vie humaine semblait n'avoir aucune valeur, un homme qui avait réduit ses victimes à de simples objets pour assouvir ses désirs morbides.

Les familles des victimes, attendant depuis longtemps des réponses, étaient confrontées à une réalité brutale. Les détails révélés par Ridgway apportaient une conclusion, mais aussi un profond désarroi. Comment un homme pouvait-il être capable de tant de cruauté ?

Comment avait-il pu se dissimuler si longtemps au sein de leur communauté ?

L'enquête sur les crimes de Ridgway révélait un échec systémique. Pendant des années, la disparition de ces femmes n'avait pas déclenché l'alarme qu'elle aurait dû. Beaucoup d'entre elles étaient marginalisées par la société – travailleuses du sexe, fugueuses – et leur disparition n'avait pas été traitée avec l'urgence qu'elle méritait. Ce constat amena une introspection douloureuse au sein des forces de l'ordre et de la société en général.

Le procès de Ridgway fut une affaire complexe, marquée par des débats juridiques et éthiques. Face à l'ampleur des crimes et à la possibilité d'une peine de mort, un accord fut finalement conclu : Ridgway coopérerait pleinement, révélant l'emplacement des corps restants, en échange d'une condamnation à la prison à vie sans possibilité de libération.

Cette décision fut accueillie avec des sentiments partagés. Pour certains, elle représentait une trahison de la justice ; pour d'autres, c'était le seul moyen de donner un semblant de paix aux familles des victimes. Ridgway, quant à lui, semblait étrangement soulagé, comme si, après des années de mensonges et de dissimulation, il acceptait enfin d'affronter la réalité de ses actes monstrueux.

Dans les couloirs sombres du tribunal où Gary Ridgway était jugé, résonnaient les échos d'une justice en quête de réponses. Le tueur de Green River, maintenant confronté à l'ampleur de ses propres crimes, semblait presque un spectateur de sa propre tragédie, un homme perdu dans le labyrinthe sordide qu'il avait lui-même construit.

Alors que les détails de ses aveux étaient révélés, un portrait glacé de l'homme émergeait. Ridgway, avec une froideur méthodique, avait chassé ses victimes, les avait trompées avec son apparence « normal », avant de les plonger dans un cauchemar d'où elles ne retourneraient jamais. Son modus operandi révélait une prédation calculée, une absence totale de compassion pour ses victimes, qu'il considérait comme des objets jetables.

Les familles des victimes, rassemblées dans la salle d'audience, portaient le poids de l'horreur et de la peine. Chaque aveu de Ridgway était un coup porté à leur cœur, un rappel brutal de l'inhumanité qu'elles avaient rencontrée. Pour elles, le procès était un chemin tortueux, un parcours jonché de souvenirs douloureux et de questions sans réponse.

Les procureurs, face à Ridgway, luttaient pour donner un sens à ses actions. Comment un homme pouvait-il être à ce point déconnecté de la valeur de la vie humaine ? Les tentatives de Ridgway de rationaliser ses actes étaient accueillies avec incrédulité et dégoût. Même lorsqu'il exprimait des remords, ceux-ci semblaient vides, dénués de la sincérité nécessaire pour alléger le fardeau de ses crimes.

L'accord passé avec Ridgway – sa coopération en échange d'une peine d'emprisonnement à vie sans possibilité de libération – fut un sujet de débat intense. Certains y voyaient une échappatoire, une manière pour Ridgway d'éviter la pleine responsabilité de ses actes. D'autres, cependant, comprenaient que cet accord était le seul moyen de découvrir le sort de nombreuses victimes encore portées disparues.

Au-delà de la salle d'audience, la société en général était forcée de faire face à des questions troublantes sur la nature du mal et la capacité d'un homme à cacher une telle monstruosité. L'affaire Ridgway avait brisé l'illusion d'une communauté à l'abri de tels prédateurs, révélant les fissures dans le système de justice.

Les enquêteurs, certains ayant passé des années sur l'affaire, se trouvaient également dans une période de réflexion. Comment avaient-ils pu rater les signes ? Qu'auraient-ils pu faire différemment pour arrêter Ridgway plus tôt ? La complexité de l'affaire Ridgway serait étudiée pendant des années, devenant un cas d'école dans les annales de la criminologie.

Alors que Ridgway commençait sa vie derrière les barreaux, une sentence qui semblait à la fois appropriée et insuffisante, un sentiment d'inachevé persistait. Pour les familles des victimes, pour la communauté et pour les enquêteurs, la fin du procès n'était pas la fin de l'histoire. Les cicatrices laissées par Ridgway sur Green River demeureraient, un rappel douloureux de la présence du mal parmi nous.

Dans l'ombre oppressante de la salle d'audience, alors que le procès de Gary Ridgway touchait à sa fin, une atmosphère de lourdeur et de tristesse imprégnait chaque mot prononcé, chaque témoignage écouté. Ridgway, maintenant reconnu coupable des meurtres horribles pour lesquels il avait été jugé, se trouvait confronté à la sentence la plus sévère que la loi puisse imposer.

Cependant, pour les familles des victimes et pour la communauté ébranlée de Green River, aucune sentence ne pouvait véritablement apporter la paix.

Le visage de Ridgway, imperturbable, semblait déconnecté des réalités de la salle d'audience. Ses aveux, bien qu'ayant permis de localiser les restes de nombreuses victimes, avaient été livrés avec une froideur qui ne laissait transparaître ni remords ni compréhension véritable de la portée de ses actes. Chaque détail révélé était un coup de poignard pour les proches des victimes, une nouvelle blessure dans un tissu déjà lacéré par le deuil.

L'impact de cette affaire sur la société était immense. L'existence même de Ridgway, un tueur en série parmi eux, avait ébranlé les fondements de ce que la communauté croyait savoir sur la sécurité, la confiance et la nature humaine. Les débats houleux autour de la justice et de la peine appropriée pour de tels crimes reflétaient une lutte plus profonde, celle de comprendre et d'intégrer l'existence du mal dans le quotidien.

Pour les enquêteurs, le procès était à la fois une conclusion et un commencement. La fin d'une traque longue et épuisante, mais aussi le début d'une ère de réflexion et d'apprentissage. Les leçons tirées de l'affaire Ridgway influenceraient les méthodes d'investigation et les approches psychologiques dans les affaires de tueurs en série pour les années à venir.

Les victimes, dont les visages et les histoires avaient été partagés tout au long du procès, laissaient un héritage poignant. Leurs vies, bien que tragiquement interrompues, avaient suscité une prise de conscience sur les questions de vulnérabilité et d'injustice sociale. Leur souvenir servirait de rappel constant de la vigilance nécessaire face aux prédateurs cachés dans l'ombre.

Alors que Ridgway était conduit hors de la salle d'audience pour commencer sa peine à perpétuité, un silence lourd s'abattit sur l'assemblée. Pour beaucoup, ce silence était empreint d'une profonde réflexion sur la nature du mal, sur la douleur de l'absence, et sur les énigmes non résolues que Ridgway emportait avec lui derrière les barreaux.

Dans les jours et les mois qui suivirent, l'affaire du tueur de Green River continuerait de hanter les esprits. Les discussions sur ses motivations et l'impact de ses crimes sur les familles des victimes, les enquêteurs et la société en général, ne faisaient que commencer. L'histoire de Gary Ridgway était devenue un chapitre sombre dans l'histoire criminelle, un chapitre qui continuerait d'être étudié, débattu et, surtout, jamais oublié.

Alors que le chapitre judiciaire se fermait, une réflexion plus large et plus profonde sur les implications de cette affaire s'ouvrait dans la société. Ridgway, reconnu coupable et condamné à la prison à perpétuité, laissait derrière lui un sillage de questions non résolues, de douleur non apaisée et de mystères non élucidés.

Les aveux de Ridgway, bien qu'ayant fourni des informations cruciales pour localiser les restes de nombreuses victimes, ne donnaient pas une image complète de l'étendue de ses crimes. Des zones d'ombre demeuraient, des victimes dont les noms et les histoires étaient encore inconnus. Pour les familles des victimes identifiées, les aveux apportaient une certaine fin, mais pour d'autres, l'attente et l'incertitude continuaient.

L'histoire de Ridgway soulevait des interrogations déchirantes sur la nature du mal et les failles dans les systèmes de justice et de protection sociale. Comment un individu comme Ridgway avait-il pu échapper à la détection pendant si longtemps ? Quels signaux avaient été manqués ? Ces questions résonnaient douloureusement dans les esprits, rappelant les limites de la capacité humaine à comprendre et à prévenir de telles atrocités.

Les débats entourant l'accord passé avec Ridgway – sa coopération en échange d'une peine d'emprisonnement à vie sans possibilité de libération – reflétaient la complexité morale et éthique de traiter avec un monstre. Pour certains, cet accord était une capitulation face au mal, une négociation avec l'innommable. Pour d'autres, c'était un mal nécessaire, un moyen de fournir des réponses et une forme de justice, même imparfaite, aux familles des victimes.

Au-delà du cas individuel de Ridgway, son histoire devenait un symbole des ténèbres qui peuvent se cacher au sein de la société. Elle incitait à une vigilance accrue, à une réévaluation des moyens de protection des plus vulnérables et à une réflexion sur la manière dont la société traite ceux qui se trouvent en marge.

L'affaire Ridgway avait également un impact durable sur les méthodes d'enquête criminelle. Les leçons tirées de cette traque longue et difficile influenceraient les techniques d'investigation, l'utilisation de la science forensique et le profilage psychologique dans les années à venir.

Pour les enquêteurs qui avaient travaillé sur l'affaire, la capture et la condamnation de Ridgway étaient à la fois une fin et un début. Une fin à une quête qui avait marqué leurs carrières et leurs vies, et un début à un processus de guérison et de compréhension. Ils avaient affronté l'un des pires prédateurs de l'histoire criminelle américaine et, bien que Ridgway ait été arrêté, les cicatrices qu'il avait laissées sur la communauté et sur les individus persisteraient.

Dans les annales des crimes, l'histoire de Gary Ridgway resterait gravée comme un rappel sombre de la présence du mal parmi nous, un avertissement que, parfois, le monstre se cache dans l'ombre, portant le masque de l'ordinaire.

Note de Réflexion : Comprendre le Mal pour Mieux le Combattre.

Chers lecteurs,

En refermant le chapitre sur l'affaire de Gary Ridgway, le « Tueur de Green River », nous sommes confrontés à des questions profondes sur la nature du mal et notre capacité à le comprendre et à le prévenir. Cette histoire, marquée par des actes d'une cruauté inimaginable, nous amène à réfléchir sur plusieurs aspects fondamentaux de la société et de la psychologie humaine.

Premièrement, l'affaire Ridgway souligne l'importance de ne pas sous-estimer les apparences. Ridgway, un homme ordinaire en surface, a pu commettre ses crimes dans l'ombre pendant des années. Cette réalité nous rappelle que le mal peut se cacher derrière les visages les plus banals, nous incitant à une vigilance et à une conscience sociale accrues.

Deuxièmement, les victimes de Ridgway étaient souvent des femmes issues de milieux vulnérables. Cette tragédie met en lumière les risques auxquels sont confrontées les personnes vivant en marge de la société et la nécessité de mieux les protéger. Leur histoire nous rappelle notre responsabilité collective de veiller sur les plus démunis et de lutter contre les préjugés qui peuvent parfois empêcher une action rapide et efficace.

En outre, l'enquête sur les crimes de Ridgway a mis en évidence les défis auxquels les forces de l'ordre sont confrontées dans la traque des tueurs en série. L'importance de l'utilisation de la science forensique, de la psychologie criminelle et d'une approche méthodique dans les enquêtes est clairement démontrée dans cette affaire.

Enfin, la peine de Ridgway et l'accord passé pour éviter la peine de mort en échange d'informations sur ses victimes soulèvent des questions éthiques complexes. Cette décision, bien que controversée, montre le dilemme moral auquel sont confrontés les systèmes judiciaires : comment équilibrer la quête de justice avec le besoin de jugement pour les familles des victimes ?

Cette histoire, bien que difficile et troublante, est une invitation à réfléchir sur notre monde et sur les forces obscures qui peuvent s'y cacher. En cherchant à comprendre les aspects les plus sombres de l'humanité, nous pouvons mieux nous préparer à les affronter et, espérons-le, à prévenir de futures tragédies.

L'Horreur de Jeffrey Dahmer.

Au cœur de Milwaukee, une ville américaine typique baignée par les eaux du lac Michigan, se déroulait une histoire d'horreur qui allait marquer à jamais l'histoire criminelle des États-Unis. C'était l'histoire de Jeffrey Dahmer, un homme qui allait devenir tristement célèbre sous le nom du « Cannibale de Milwaukee ». Son histoire est celle d'une descente dans les abysses de la perversion humaine, un récit qui défie toute compréhension.

Jeffrey Dahmer, un jeune homme à l'apparence banale, portait en lui des secrets obscurs et des pulsions inavouables. Ses premiers crimes, commis dans la solitude de son appartement, étaient des actes d'une sauvagerie inouïe, des actes qui allaient bientôt révéler la nature véritable de l'homme derrière le masque.

Le début de cette spirale macabre remonte à l'été 1978, lorsque Dahmer, alors âgé de 18 ans, commit son premier meurtre. Sa victime, un auto-stoppeur nommé Steven Hicks, fut attirée dans la maison de Dahmer sous un prétexte innocent. Ce qui se passa ensuite fut un acte d'une brutalité impensable, le début d'un cycle de violence qui allait s'étendre sur plus d'une décennie.

Dans les années qui suivirent, Dahmer mena une existence en apparence normale, travaillant dans une chocolaterie et fréquentant des bars et des clubs. Cependant, sous cette normalité se cachait un monstre, un prédateur en quête de proies. Ses victimes, souvent des jeunes hommes des communautés gay et racialisées de Milwaukee, étaient attirées par Dahmer avec la promesse de l'amitié ou de l'intimité.

Une fois dans son appartement, ces hommes étaient confrontés à un cauchemar éveillé. Dahmer, utilisant la drogue et la manipulation, les rendait incapables de se défendre. Puis, dans un acte d'une cruauté sans nom, il les tuait, souvent après les avoir soumis à des tortures indicibles.

Ce n'est que le 22 juillet 1991 que le monde apprit l'horreur qui se cachait dans l'appartement 213 de l'Oxford Apartments à Milwaukee. Ce jour-là, un des captifs de Dahmer réussit à s'échapper et alerta la police. Les officiers, pénétrant dans l'appartement de Dahmer, furent confrontés à une scène d'horreur qui dépassait tout ce qu'ils avaient pu imaginer.

Ce qu'ils découvrirent dans cet appartement était un tableau macabre : des photographies de corps démembrés, des restes humains conservés comme des trophées morbides, des enregistrements des tortures subies par les victimes. Chaque découverte était une plongée plus profonde dans l'esprit tordu de Dahmer, une exploration de l'inhumanité sous sa forme la plus brute.

Les aveux de Dahmer, une fois arrêté, furent d'une franchise glaçante. Il décrivit ses actes avec précision, révélant une absence totale de remords ou d'empathie. Ses mots, froids et détachés, étaient ceux d'un homme qui avait non seulement franchi les limites de la morale, mais qui semblait exister dans un univers moral entièrement différent.

Après la découverte macabre dans l'appartement de Jeffrey Dahmer, une onde de choc sismique traversa Milwaukee et au-delà. La révélation de ses crimes, d'une nature si dépravée et inhumaine, souleva une tempête de questions et d'horreur. L'enquête qui suivit fut une descente vertigineuse dans les ténèbres de l'âme humaine.

Alors que Dahmer était sous la garde de la police, les détails de ses atrocités commencèrent à émerger. Les enquêteurs, confrontés à l'ampleur de son sadisme, luttaient pour comprendre comment un individu pouvait sombrer dans une telle barbarie. Dahmer avait non seulement tué, mais il avait également commis des actes de cannibalisme et de nécrophilie, transgressant toutes les normes sociétales et morales.

Les victimes de Dahmer, des jeunes hommes et adolescents, avaient été attirés dans son piège sous de faux prétextes. Une fois dans son appartement, ils étaient drogués, puis soumis à des actes d'une violence inouïe. Dahmer, dans ses aveux, parlait de ces actes avec une étrangeté détachée, comme s'il racontait les détails d'une vie qui n'était pas la sienne.

L'effet de ces révélations sur les familles des victimes était dévastateur. Leurs fils, frères, amis, transformés en objets de dépravation, étaient un cauchemar au-delà de toute imagination. La douleur et la colère se mêlaient à un sentiment d'incrédulité : comment une telle horreur avait-elle pu se dérouler pendant si longtemps ?

La communauté gay de Milwaukee, déjà confrontée à des défis et à des discriminations, ressentait une trahison profonde. Dahmer avait chassé parmi eux, se servant de leur marginalisation pour masquer ses crimes. Cette réalité soulevait des questions douloureuses sur la vulnérabilité et la visibilité des communautés LGBTQ+ dans la société.

Au fur et à mesure que l'enquête progressait, les méthodes de Dahmer devenaient de plus en plus claires. Il utilisait ses charmes et son apparence « normal » pour dissimuler une psychopathie profonde. Les enregistrements trouvés dans son appartement témoignaient d'une planification et d'une mise en scène méthodiques de ses crimes, révélant un homme qui trouvait du plaisir dans le contrôle absolu et la domination de ses victimes.

Le procès de Dahmer devint un événement médiatique national. Les détails de ses crimes, exposés au grand jour, fascinaient et horrifiaient le public. Dahmer lui-même, présent dans la salle d'audience, semblait parfois presque déconnecté, un observateur passif de la narration de ses propres horreurs.

Les experts psychiatres appelés à témoigner débattaient sur la santé mentale de Dahmer. Certains soutenaient qu'il souffrait de troubles psychologiques graves qui l'avaient conduit à agir. D'autres, cependant, insistaient sur le fait que, malgré ses déviances, Dahmer était pleinement conscient de ses actes et en avait le contrôle. Au cœur de ce procès se trouvait la question terrifiante de la nature du mal. Dahmer incarnait-il le mal absolu, ou était-il le produit d'une combinaison complexe de facteurs psychologiques, sociaux et biologiques ? La recherche de réponses à ces questions plongeait tous ceux qui suivaient l'affaire dans une réflexion profonde sur les aspects les plus sombres de l'humanité.

Au sein du tribunal, où le procès de Jeffrey Dahmer se déroulait, une tension palpable régnait. Chaque jour apportait son lot de révélations choquantes, de témoignages bouleversants, plongeant l'audience dans une atmosphère d'incrédulité et d'horreur. Dahmer, assis, impénétrable, écoutait les détails de ses actes terrifiants être dévoilés au monde, un miroir obscur de son âme dérangée.

Les audiences détaillaient non seulement les meurtres, mais aussi les actes de nécrophilie et de cannibalisme, des abîmes de dépravation qui dépassaient l'entendement. Les procureurs, s'appuyant sur des preuves accablantes et des témoignages d'experts, dressaient le portrait d'un homme dont la perversité semblait sans limite. Dahmer, de son côté, demeurait étrangement calme, presque détaché, comme si les atrocités décrites appartenaient à un autre.

Le procès révélait également les failles du système. Comment Dahmer, avec un historique de troubles et d'incidents, avait-il pu échapper au radar des autorités pendant si longtemps ? Comment ses actes avaient-ils pu rester inaperçus dans une communauté apparemment soudée ? Ces questions soulevaient des débats intenses sur la surveillance, la santé mentale et la sécurité publique.

Pour les familles des victimes, le procès était une épreuve douloureuse, un parcours émotionnel tumultueux. Elles devaient non seulement faire face à la perte de leurs êtres chers, mais aussi à la révélation des souffrances inimaginables que Dahmer leur avait infligées. Chaque détail révélé était un nouveau coup porté à leur cœur meurtri, une nouvelle épreuve à surmonter.

Le débat autour de la responsabilité et de la maladie mentale de Dahmer divisait l'opinion publique. Pour certains, Dahmer était un monstre, l'incarnation du mal absolu. Pour d'autres, il était un cas tragique de défaillance du système de santé mentale. Cette dichotomie soulevait des questions complexes sur la nature du mal, la responsabilité et la capacité de la société à gérer des individus aussi perturbés.

Au-delà des aspects juridiques et médicaux, le procès de Dahmer mettait en lumière les profondeurs de la détresse humaine. Les récits de ses victimes et de leurs familles dessinaient un tableau sombre de la vulnérabilité humaine, de la solitude et du désespoir qui peuvent mener à de telles tragédies.

Alors que le procès avançait, la figure de Dahmer se transformait en un symbole de la noirceur que peut atteindre l'humanité. Son histoire, aussi terrifiante et incompréhensible soit-elle, devenait un cas d'étude, un sujet de réflexion profonde sur les aspects les plus sombres de la psyché humaine.

Alors que le procès de Jeffrey Dahmer entrait dans ses phases finales, une lourdeur palpable envahissait la salle d'audience. Les témoignages s'étaient succédé, chacun apportant son lot de révélations horribles sur les actes de Dahmer. Pour les familles des victimes, chaque jour était un rappel douloureux de la perte de leurs proches, une épreuve de la confrontation avec l'inimaginable.

Dahmer, confronté à la réalité de ses actes et à leur répercussion publique, demeurait un mystère. Ses interactions avec les avocats, les juges et les témoins révélaient un homme apparemment calme et maître de lui-même, mais ses aveux glaçaient le sang. Il parlait de ses crimes avec une précision et une froideur qui témoignaient d'une absence totale d'empathie ou de remords.

Le débat juridique autour de la responsabilité de Dahmer et de sa santé mentale atteignait son paroxysme. Les experts psychiatres continuaient à se disputer sur la question de savoir si Dahmer était un psychopathe incurable ou un malade mental nécessitant un traitement. Pour beaucoup, cependant, ces débats semblaient détachés de la réalité brutale des crimes commis.

Le procès offrait également un aperçu troublant de la société et de ses failles. Quels signaux d'alarme avaient été manqués ? Cette question soulevait des inquiétudes quant à la capacité de la société à identifier et à gérer les individus présentant des risques graves pour les autres.

Le jour du verdict, une tension électrique se fit sentir. Dahmer fut reconnu coupable et condamné à de multiples peines d'emprisonnement à perpétuité, une sentence qui, pour beaucoup, semblait la seule réponse appropriée à une telle série de crimes atroces. Pourtant, même cette sentence ne semblait pas suffisante pour apaiser la douleur et la colère des familles des victimes.

La fin du procès n'était pas la fin de l'histoire de Jeffrey Dahmer. Son héritage, macabre et dérangeant, continuait à susciter des discussions et des débats. Les criminologues, les psychologues et le public s'efforçaient de comprendre les raisons qui avaient pu pousser un homme à de telles extrémités de violence.

Les répercussions de l'affaire Dahmer se faisaient sentir bien au-delà de Milwaukee. Elle avait mis en évidence les dangers de l'ignorance et du déni face aux signes de troubles psychologiques graves. Elle avait également mis en lumière les préjugés et les stéréotypes qui peuvent souvent empêcher de voir la vérité, même lorsqu'elle est devant nos yeux.

Pour les enquêteurs et les professionnels de la justice, l'affaire Dahmer devenait un cas d'étude essentiel sur la psychopathie et le comportement criminel. Elle soulignait l'importance de l'analyse comportementale dans la compréhension et la prévention des crimes violents.

La conclusion du procès laissait un sentiment d'inachevé. Bien que justice ait été rendue, les questions soulevées par les crimes de Dahmer – sur la nature du mal, sur les limites de la compréhension humaine, et sur la manière dont la société traite ses membres les plus perturbés – demeuraient sans réponse définitive.

La fin du procès marqua non seulement la fin d'un chapitre sombre de l'histoire criminelle, mais ouvrit également une période d'introspection et d'analyse. Dans les salles d'audience, les bureaux des enquêteurs, les cabinets des psychiatres et dans l'esprit du public, la question persistait : comment un homme comme Dahmer avait-il pu exister, et quelles étaient les forces obscures qui l'avaient poussé à commettre de tels actes ?

La personnalité de Dahmer était un puzzle complexe. D'un côté, il y avait l'homme qui paraissait timide, presque effacé, un individu qui avait grandi dans une famille apparemment ordinaire. De l'autre, le monstre, un prédateur qui avait non seulement tué, mais qui avait également commis des actes de nécrophilie et de cannibalisme avec une froideur inimaginable.

Les experts en psychologie criminelle tentaient de déchiffrer ce paradoxe. Certains avançaient que Dahmer souffrait de troubles de la personnalité, peut-être exacerbés par des expériences dans son enfance et son adolescence. D'autres soulignaient sa capacité à planifier ses crimes et à les dissimuler, suggérant une conscience claire de ses actes. Mais au-delà des diagnostics, Dahmer restait une énigme, un cas qui défiait les explications.

Au cœur de l'histoire de Dahmer se trouvait également la question du mal. Était-il le produit d'une nature intrinsèquement mauvaise, ou ses actes étaient-ils le résultat d'une combinaison complexe de facteurs psychologiques et environnementaux ? Cette interrogation fondamentale sur la nature humaine et sur la capacité de l'homme à commettre le mal restait sans réponse définitive.

Dans les années qui suivirent, l'histoire de Dahmer devint un sujet d'étude pour les criminologues, les psychologues et les sociologues. Elle inspira des livres, des films et des documentaires, chacun essayant de comprendre les motifs et les mécanismes qui avaient mené à de tels actes de barbarie. Dahmer était devenu, malgré lui, un symbole de l'obscurité qui peut se cacher dans l'esprit humain.

La fin de son histoire ne laissait pas un sentiment de résolution, mais plutôt une série de questions ouvertes sur la nature du mal, sur la société et sur la condition humaine. Son histoire était un rappel que, parfois, les plus grands mystères et les plus sombres vérités se trouvent non pas dans les étoiles ou dans les profondeurs de l'océan, mais dans les abîmes de l'esprit humain.

Note de Réflexion : Les Abysses de l'Esprit Humain.

Chers lecteurs,

En parcourant l'histoire de Jeffrey Dahmer, nous sommes confrontés aux aspects les plus sombres et les plus insondables de l'esprit humain. Cette histoire nous force à regarder en face la capacité de l'homme à commettre des actes qui dépassent les limites de notre compréhension morale et éthique. Elle pose des questions troublantes sur la nature du mal, la psychologie criminelle et les limites de la société à détecter et à gérer de tels individus.

L'histoire de Dahmer est un rappel perturbant que le mal peut se manifester sous des formes inattendues. Derrière l'apparence banale de cet homme se cachait un esprit dérangé, capable de tromper et de manipuler ceux autour de lui. Cette réalité nous confronte à la difficulté de déceler le mal lorsqu'il se dissimule derrière un masque.

En explorant la vie et les crimes de Dahmer, nous sommes également amenés à réfléchir sur les limites de notre compréhension de la psychologie humaine. Les experts ont tenté de sonder les profondeurs de son esprit, cherchant des réponses dans son enfance, ses interactions sociales et ses troubles psychologiques. Pourtant, même avec cette analyse, Dahmer reste une énigme, un cas qui défie une explication complète.

Cette histoire nous interpelle également sur les failles des systèmes sociaux et judiciaires. Comment un individu comme Dahmer a-t-il pu échapper à la vigilance pendant si longtemps ? Quels signes avons-nous négligés ? Cette prise de conscience souligne l'importance de la vigilance et de l'éducation en matière de santé mentale et de comportement criminel.

Enfin, l'histoire de Jeffrey Dahmer nous incite à une introspection profonde sur la nature humaine. Elle nous rappelle que, dans les abysses de l'esprit, se cachent des réalités que nous peinons à comprendre et à accepter. Cette histoire est un appel à poursuivre notre quête pour comprendre les aspects les plus obscurs de l'humanité, dans l'espoir de prévenir de futures tragédies.

Les Secrets de John Wayne Gacy.

Dans les faubourgs tranquilles de Chicago, au milieu des années 1970, se déroulait une histoire qui allait secouer les fondements mêmes de la société américaine. C'était l'histoire de John Wayne Gacy, un homme qui, sous l'apparence d'un citoyen respecté et actif de sa communauté, dissimulait l'un des plus sombres secrets. Cette histoire est celle d'une double vie menée dans l'ombre, un récit glaçant d'hypocrisie et de cruauté.

Gacy, un entrepreneur en bâtiment prospère, était connu et apprécié dans sa communauté. Il organisait des fêtes, participait à des événements locaux et se déguisait même en clown pour divertir les enfants dans les hôpitaux bénévolement. Mais derrière cette façade de bienveillance, se cachait un prédateur impitoyable.

Le début de l'effroyable vérité émergea en décembre 1978, lorsqu'un jeune homme nommé Robert Piest disparut mystérieusement. Piest, un lycéen de 15 ans, avait été vu pour la dernière fois alors qu'il se rendait à une entrevue pour un emploi proposé par Gacy. Ce qui semblait être une simple disparition devenait le fil qui, une fois tiré, dévoilerait un tissu d'horreurs inimaginables.

Les enquêteurs commencèrent à fouiller dans le passé de Gacy et découvrirent une histoire troublante. Gacy avait déjà eu des démêlés avec la justice pour des crimes sexuels. Cette révélation fut le premier indice que derrière le masque affable de Gacy se cachait un individu beaucoup plus sinistre.
Les investigations menèrent les policiers à la résidence de Gacy. Ce qu'ils y découvrirent fut au-delà de toute compréhension humaine. Enterrés dans le sous-sol de sa maison, ils trouvèrent les corps de jeunes hommes et d'adolescents. Chaque nouvelle fouille révélait des

horreurs supplémentaires, chaque corps exhumé ajoutait à la macabre collection du prédateur.

Gacy, une fois confronté à ces découvertes, commença à dévoiler les détails de ses crimes. Il raconta comment il attirait ses victimes, souvent de jeunes hommes en marge de la société, sous des prétextes variés. Comment il les immobilisait, abusait d'eux, puis les tuait. La brutalité et la froideur de ses aveux étaient choquantes. Gacy décrivait ses actes avec une précision clinique, révélant une absence totale de remords ou de conscience.

L'ampleur des crimes de Gacy fit de lui l'un des tueurs en série les plus notoires de l'histoire américaine. Les familles des victimes, confrontées à la perte cruelle et insensée de leurs proches, furent plongées dans un abîme de chagrin et de colère. La communauté, qui avait connu et fait confiance à Gacy, se retrouvait face à une trahison indicible.

Les questions soulevées par l'affaire Gacy étaient nombreuses. Comment avait-il pu mener une telle double vie ? Quels signes avaient été manqués ? Et surtout, comment un homme pouvait-il être à la fois un citoyen apparemment modèle et un monstre impitoyable ? L'histoire de Gacy était un rappel terrifiant que le mal peut se cacher derrière les apparences les plus banales.

Alors que les révélations macabres sur John Wayne Gacy continuaient de bouleverser l'opinion publique, une question brûlante hantait tous les esprits : qu'est-ce qui pouvait bien se passer dans la tête d'un homme pour qu'il commette de tels actes ?

Gacy, désormais connu sous le surnom de « Clown tueur », avait réussi à dissimuler son véritable visage derrière une façade de normalité. Sa vie semblait être celle d'un citoyen ordinaire, impliqué dans sa communauté, mais ce n'était qu'un masque, un voile jeté sur une psyché profondément perturbée.

Les entretiens avec Gacy, ses avocats et les experts psychiatres révélaient un homme complexe et contradictoire. D'un côté, il y avait le Gacy sociable, l'homme d'affaires, l'organisateur de fêtes de quartier, et de l'autre, l'individu capable de cruauté et de violence extrêmes. Cette dualité était au cœur de l'énigme Gacy.

Les psychiatres qui l'ont examiné ont proposé diverses théories pour expliquer ses actions. Certains ont parlé de troubles de la personnalité antisociale, d'autres ont suggéré des traumatismes dans son enfance qui auraient pu déclencher ses pulsions meurtrières. Cependant, ces explications ne parvenaient pas à fournir une image complète de la psyché complexe de cet homme.

Lors des interrogatoires, Gacy parlait de ses crimes avec une distance émotionnelle déconcertante. Il décrivait comment il attirait ses victimes, leur faisait subir des sévices et les tuait avec une précision et un détachement glaçants. Cette absence apparente de remords ou d'empathie était un aspect déroutant de sa personnalité.
L'exploration de l'esprit de Gacy révélait également une fascination pour le contrôle et la domination. Ses victimes, souvent de jeunes hommes vulnérables, étaient des ‚proies faciles pour ses désirs déviants. La transformation de Gacy, du citoyen respecté au tueur en série, était un processus sombre et graduel, un chemin

parsemé de choix et de circonstances qui l'avaient conduit à devenir l'un des criminels les plus notoires de l'histoire.

Le procès de Gacy apportait à la surface des détails horribles de ses crimes, mais laissait aussi entrevoir les aspects les plus sombres de la nature humaine. La question de savoir comment un homme pouvait basculer dans un tel abîme de perversion restait un mystère. Les tentatives pour sonder les profondeurs de son esprit ne faisaient qu'effleurer la surface d'une vérité bien plus complexe et troublante.

Cette exploration dans la tête de Gacy soulevait des questions fondamentales sur le mal, la responsabilité et la nature humaine. Elle révélait un aspect de l'humanité que la société préférerait souvent ignorer : que le mal peut se cacher derrière les apparences les plus ordinaires, et que comprendre pleinement les motivations profondes d'un tel individu est peut-être au-delà de notre portée.

La traque de John Wayne Gacy, avant sa capture, fut une période de tension et de frustration intense pour les forces de l'ordre et la communauté de Chicago. Alors que les preuves s'accumulaient lentement, révélant l'ampleur terrifiante de ses crimes, Gacy lui-même restait insaisissable, se dissimulant derrière son apparence de respectabilité.

Cette phase de l'enquête, marquée par un mélange de minutie et d'urgence, reflétait la difficulté de traquer un tueur en série qui avait habilement dissimulé ses traces. Les détectives, travaillant jour et nuit, étaient confrontés à un puzzle complexe : comment capturer un homme qui était à la fois un membre éminent de la société et un monstre impitoyable ?

Les enquêteurs commencèrent par examiner les disparitions récentes de jeunes hommes dans la région. Chaque cas était scrupuleusement analysé, à la recherche d'un lien potentiel avec Gacy. Cependant, la nature de ses victimes, souvent issues de milieux marginaux, rendait cette tâche ardue. Leurs disparitions n'avaient pas toujours été immédiatement signalées, ce qui compliquait davantage la traque.

Parallèlement, les enquêteurs s'intéressaient de près à l'entourage de Gacy. Ses collègues, amis et connaissances étaient interrogés, dans l'espoir de déceler des indices ou des comportements suspects. Mais, avec son masque de normalité, il avait réussi à brouiller les pistes, laissant peu de preuves évidentes de sa double vie.

L'analyse des premières victimes connues de Gacy offrait cependant des indices cruciaux. Les corps retrouvés chez lui présentaient des similitudes dans la méthode de séquestration et d'exécution. Ces détails macabres, bien que difficiles à traiter, fournissaient aux enquêteurs un aperçu de la psyché du tueur et de ses méthodes.

Le travail des enquêteurs était un mélange de science forensique, d'analyse psychologique et de travail de terrain. Chaque nouvelle information était un pas de plus vers Gacy, mais aussi une plongée plus profonde dans le cauchemar qu'il avait créé. La pression pour résoudre l'affaire était immense, non seulement pour apporter justice aux victimes, mais aussi pour empêcher d'autres actes atroces.

La perspicacité et la détermination des enquêteurs furent finalement récompensées. Après des mois de recherches méticuleuses, ils réussirent à établir un lien direct entre Gacy et plusieurs des victimes. C'était le début de la fin pour le prédateur. Les pièces du puzzle commençaient à s'assembler, révélant le portrait d'un homme dont la façade respectueuse cachait l'un des esprits les plus sombres et les plus dérangés de l'époque.

La capture de Gacy, lorsqu'elle eut lieu, fut un moment de soulagement intense, mais aussi de profonde tristesse. Soulagement que le tueur soit enfin hors d'état de nuire, tristesse pour les vies qu'il avait brisées. Les enquêteurs, bien qu'épuisés, savaient que leur travail avait permis de mettre fin au règne de terreur de Gacy et d'apporter un début de clôture aux familles des victimes.

Alors que la traque de John Wayne Gacy touchait à sa fin, un suspense insoutenable régnait. Les enquêteurs, armés de preuves irréfutables, se rapprochaient inexorablement de la vérité, mais le dénouement de cette affaire macabre était encore enveloppé dans un voile de mystère et d'incertitude.

L'arrestation de Gacy avait été un moment décisif, mais ce n'était que le début d'une révélation plus grande et plus terrifiante. Les enquêteurs, en fouillant sa maison, avaient découvert les preuves horribles de ses crimes. Cependant, la véritable étendue de ses actes restait encore à découvrir.

Au fur et à mesure que les fouilles progressaient, le sous-sol de Gacy révélait des secrets de plus en plus sombres. Chaque corps exhumé était un témoignage muet de l'horreur, chaque victime ajoutait une nouvelle couche à l'histoire macabre du « Clown tueur ». La communauté, déjà secouée par l'arrestation de Gacy, était maintenant confrontée à la dure réalité de ses actes.

Les médias, se nourrissant de chaque nouveau développement, diffusaient les détails des découvertes, captivant et horrifiant le public. Les reportages sur Gacy et ses crimes étaient omniprésents, chaque nouvelle révélation ajoutant à l'aura morbide qui entourait désormais son nom.

Dans la salle d'audience, l'atmosphère était lourde d'émotion et de tension. Les familles des victimes, le visage marqué par la peine et la colère, attendaient avec anxiété que justice soit rendue. Gacy, face aux accusations, maintenait une attitude qui oscillait entre le déni et une acceptation froide de ses actes.

Les témoignages des experts, des enquêteurs et des témoins dessinaient un portrait de plus en plus clair de la double vie de Gacy. Son habileté à dissimuler sa véritable nature avait permis à ses crimes de passer inaperçus pendant des années. La question de savoir comment un homme pouvait mener une existence aussi macabre en secret captivait et effrayait le public.

Les descriptions des sévices infligés à ses victimes, de la manière dont il les avait attirées dans son piège, peignaient un tableau d'une cruauté et d'une perversion inimaginables. Chaque révélation était un coup porté au cœur des familles des victimes et un choc pour la société tout entière.

Le dénouement du procès approchait, et avec lui, la perspective d'une sentence. L'ampleur des crimes de Gacy appelait une peine sévère, mais la décision finale était entre les mains du juge. La tension dans la salle d'audience était palpable ; le verdict, quel qu'il soit, serait un moment historique.

Et le jour du verdict arriva. Les mots prononcés par le juge résonnèrent dans la salle d'audience, mettant fin à l'un des chapitres les plus sombres de l'histoire criminelle américaine. La sentence prononcée contre Gacy était le reflet de l'horreur de ses actes, une tentative de justice face à une série de crimes qui défiaient toute compréhension.

Au terme du procès de John Wayne Gacy, alors que la sentence avait été prononcée, une réflexion s'imposait sur le parcours sordide de cet homme et les raisons qui avaient pu le mener à commettre une série de crimes si effroyables.

Gacy était une énigme complexe. D'un côté, il était un membre respecté de la communauté, un entrepreneur prospère et un bénévole actif. De l'autre, il était un prédateur impitoyable, un tueur en série qui avait pris la vie de plus de trente jeunes hommes et adolescents. Cette dualité soulevait des questions fondamentales sur la nature humaine et la possibilité de comprendre véritablement les motivations d'un tel individu.

Les experts qui avaient examiné Gacy avaient proposé diverses théories. Certains parlaient de troubles de la personnalité antisociale et de psychopathie, d'autres évoquaient des expériences traumatisantes dans son enfance. Cependant, aucune de ces explications ne semblait suffisante pour justifier pleinement les actes de Gacy. Il restait, en partie, un mystère, un cas qui défiait les catégories psychologiques établies.

L'affaire avait également révélé des failles dans les systèmes de surveillance et de protection. Comment un homme avec un passé de délinquant sexuel avait-il pu échapper à la vigilance de tout le monde pendant si longtemps ? Cette question soulignait l'importance d'une meilleure communication entre les agences et d'une plus grande attention aux signaux d'alarme.

La société, en général, était forcée de faire face à la réalité troublante que des monstres pouvaient se cacher en son sein. La double vie de Gacy avait brisé l'illusion que le mal était toujours facilement identifiable.

Ses victimes, pour la plupart de jeunes hommes en marge de la société, avaient été particulièrement vulnérables à ses manipulations. Leur tragédie mettait en lumière la nécessité de protéger et de soutenir les individus les plus susceptibles d'être ciblés par de tels prédateurs.

Enfin, l'histoire de Gacy soulevait des questions sur la nature du mal et la capacité de l'homme à commettre de telles atrocités. Était-ce le résultat d'une nature intrinsèquement mauvaise, de troubles psychologiques, ou d'une combinaison de facteurs sociaux et environnementaux ? Cette interrogation restait sans réponse définitive, laissant les experts et le public dans un état de réflexion continue.

L'affaire de John Wayne Gacy restera gravée dans les annales de l'histoire criminelle comme un rappel sombre de ce dont l'humanité est capable. Elle continuera d'être étudiée, débattue et analysée, non seulement pour ses aspects criminologiques, mais aussi pour ce qu'elle révèle sur la psyché humaine et les mécanismes de la société.

Note de Réflexion : La Complexité du Mal et la Quête de Compréhension.

Chers lecteurs,

L'histoire de John Wayne Gacy nous confronte à une réalité dérangeante et complexe. Derrière la façade d'un homme apparemment normal, actif dans sa communauté et même jovial, se cachait un monstre capable des pires atrocités. Cette contradiction entre l'apparence extérieure et la véritable nature intérieure de Gacy nous invite à réfléchir sur la complexité du mal et sur les défis de comprendre les motivations profondes derrière de tels actes.

Gacy était un homme qui avait réussi à brouiller les lignes entre le bien et le mal, entre le normal et l'aberrant. Sa capacité à mener une double vie, à tromper ceux qui l'entouraient, soulève des questions troublantes sur la nature humaine et sur notre capacité à vraiment connaître autrui. Cela nous rappelle que le mal peut souvent se cacher derrière un masque, rendant sa détection d'autant plus difficile.

En plongeant dans l'histoire de Gacy, nous sommes également amenés à examiner les failles de nos systèmes de protection et de surveillance. Comment un individu avec un passé criminel a-t-il pu échapper à la vigilance pendant si longtemps ?

Les victimes de Gacy, majoritairement des jeunes hommes en marge de la société, représentent une tragédie profonde. Leur vulnérabilité et leur invisibilité aux yeux de la société ont contribué à la facilité avec laquelle Gacy a pu commettre ses crimes. Cela souligne l'importance de protéger et de soutenir les plus vulnérables parmi nous.

Enfin, cette histoire nous pousse à réfléchir sur la capacité de l'homme à comprendre et à gérer le mal. Les tentatives d'expliquer ses actions à travers la psychologie ou les expériences de vie peuvent offrir des aperçus, mais elles ne fournissent pas une réponse complète. Le mal, comme le montre l'histoire de Gacy, est souvent un mystère insondable, un défi constant à notre désir de comprendre le monde qui nous entoure.

Cette histoire, bien qu'extrêmement troublante, est une invitation à une vigilance et une réflexion continues. Elle nous rappelle que, dans la quête de comprendre le mal, nous devons rester attentifs.

L'Engrenage Mortel de Aileen Wuornos.

Dans les années 1980, sur les routes solitaires de la Floride, une série de meurtres brutaux allait secouer la société américaine et défier les stéréotypes sur les tueurs en série. Au cœur de cette histoire sombre se trouvait Aileen Wuornos, une femme dont la vie et les actes allaient devenir un sujet de fascination et d'horreur.

Aileen Wuornos, née en 1956, avait connu une enfance et une adolescence marquées par l'abus et la négligence. Déracinée, confrontée à des expériences traumatisantes dès son plus jeune âge, elle avait trouvé refuge dans un mode de vie en marge de la société. Livrée à elle-même, elle avait rapidement appris à survivre dans un monde qui semblait constamment contre elle.

Au début des années 80, Wuornos commença à gagner sa vie en tant que travailleuse du sexe le long des autoroutes de la Floride. C'était un monde dangereux, peuplé d'individus parfois violents et impitoyables. C'est dans ce contexte précaire qu'elle allait commettre ses premiers meurtres, une série d'actes qui allaient la catapulter dans les annales du crime.

Les meurtres commencèrent en 1989. Les victimes étaient des hommes, principalement des clients qu'elle rencontrait sur les routes. Chacun de ces meurtres présentait des caractéristiques similaires : des hommes abattus à bout portant, souvent retrouvés dans des véhicules abandonnés ou dans des zones isolées. Le modus operandi de Wuornos, bien que pas immédiatement évident, commença bientôt à attirer l'attention des autorités.

Au fur et à mesure que l'enquête progressait, un profil émergeait : celui d'une femme ayant vécu une vie de lutte et de désespoir, et qui, selon ses propres dires plus tard, avait agi en état de légitime défense contre des agressions sexuelles. Cependant, la répétition et la brutalité des meurtres soulevaient des questions sur la véracité de cette défense.

L'histoire de Wuornos était ponctuée de rencontres tragiques et de décisions fatales. Chaque victime ajoutait une nouvelle couche à son récit complexe, et chaque meurtre augmentait la pression sur les autorités pour résoudre l'affaire. De son côté, elle continuait sa vie errante, inconsciente du filet qui se resserrait lentement autour d'elle.

Les premiers meurtres de Wuornos marquaient le début d'une trajectoire tragique. Dans un monde où elle se sentait constamment menacée, ses actions étaient devenues de plus en plus désespérées et dangereuses.

Alors que les meurtres perpétrés par Aileen Wuornos continuaient de hanter les autoroutes de la Floride, la question se posait avec une urgence croissante : qu'est-ce qui poussait cette femme à commettre de tels actes ?

Née dans une existence marquée par la violence et l'abandon, Wuornos avait développé, au fil des années, une méfiance profonde et une colère envers le monde qui l'entourait. Son enfance, privée d'amour et de sécurité, avait laissé des cicatrices profondes, façonnant une personnalité en proie à la rage et au désespoir.

Les rencontres avec ses victimes, selon les propres mots de Wuornos lors de son arrestation et de son procès, étaient initialement des transactions commerciales. Cependant, elle affirmait que ces rencontres avaient souvent tourné à la violence, la plaçant, selon elle, dans des situations de légitime défense. Pour Wuornos, chaque acte de violence était une réaction à une menace perçue, une façon de reprendre le contrôle dans un monde où elle se sentait constamment vulnérable et attaquée.

Cette perception du monde comme un lieu hostile, où la violence était le seul moyen de survie, offre un aperçu troublant de l'état d'esprit de la tueuse. Elle voyait ses actions non pas comme des crimes, mais comme une nécessité, une réponse instinctive à un environnement dangereux.

Les experts psychiatres et les criminologues qui ont étudié le cas de Wuornos ont relevé une combinaison complexe de facteurs psychologiques et environnementaux. Certains ont évoqué la possibilité de troubles de la personnalité, exacerbés par des années de traumatismes et de marginalisation. D'autres ont souligné son histoire de vie, marquée par la violence et l'exploitation, comme un facteur déterminant dans son parcours criminel.

Malgré les tentatives de comprendre l'esprit de cette femme, une part d'ombre demeurait. Ses récits, souvent empreints de contradictions et de changements, rendaient difficile la construction d'une image cohérente de ses motivations. Wuornos elle-même semblait parfois perdue dans un labyrinthe de rage et de confusion, incapable de démêler complètement les fils de sa propre histoire.

Ses relations étaient marquées par la défiance et la peur, et elle semblait incapable d'établir des liens stables et sécurisants. Cette solitude avait exacerbé sa perception d'un monde hostile, la rendant encore plus vulnérable aux spirales de violence.

Alors que les enquêteurs commençaient à relier les points entre Wuornos et les meurtres, un portrait complexe et déroutant émergeait. Wuornos était à la fois victime et agresseur, un produit de circonstances tragiques et de choix personnels qui l'avaient menée sur un chemin mortel.

La traque d'Aileen Wuornos par les forces de l'ordre de la Floride était devenue une course contre la montre, un effort désespéré pour mettre fin à une série de meurtres brutaux.

À mesure que les meurtres se succédaient, un schéma commençait à émerger. Les victimes, toutes des hommes, présentaient des similitudes dans la manière dont elles avaient été tuées. Les enquêteurs, rassemblant les preuves et les témoignages, construisaient progressivement le profil du tueur. Cependant, l'idée qu'une femme puisse être derrière ces crimes ne venait pas immédiatement à l'esprit, bouleversant les stéréotypes habituels sur les tueurs en série.

La pression s'intensifiait sur la police et le bureau du shérif. Les médias suivaient l'affaire de près, chaque nouveau développement faisant les gros titres. La communauté était en état d'alerte, craignant que le tueur ne frappe à nouveau. Dans ce climat tendu, les enquêteurs devaient naviguer avec prudence, équilibrant la nécessité d'agir rapidement avec le risque de fausses pistes.

Les premières avancées significatives dans l'enquête vinrent de témoignages et d'indices recueillis sur les scènes de crime. Les enquêteurs, analysant les modèles et les empreintes laissées par le tueur, commencèrent à cerner le profil de Wuornos. Les témoins décrivaient une femme qui abordait les victimes sous divers prétextes, souvent en se faisant passer pour une auto-stoppeuse en détresse.

Les efforts pour localiser cette femme étaient entravés par sa nature nomade. Elle se déplaçait constamment, utilisant les vastes réseaux routiers de la Floride pour échapper à la capture. Chaque déplacement était calculé pour semer la confusion et empêcher les autorités de suivre sa trace.

Les enquêteurs, utilisant des techniques d'analyse comportementale et de profilage criminel, commencèrent à prédire les mouvements de Wuornos. Ils savaient que son mode de vie instable et ses antécédents la rendaient vulnérable à une erreur. C'était une question de temps et de persévérance avant qu'elle ne laisse un indice crucial qui mènerait à son arrestation. Dans ce jeu du chat et de la souris, les enquêteurs étaient également confrontés à un dilemme moral. Wuornos, malgré ses actes horribles, était une figure tragique, une femme dont la vie avait été marquée par des abus et une marginalisation constants. Cette complexité ajoutait une couche d'ambiguïté à la traque, un sentiment que cette chasse à l'homme était aussi une tragédie humaine.

Finalement, c'est un concours de circonstances et une erreur de Wuornos qui mirent fin à sa fuite. Les enquêteurs, grâce à une combinaison d'intelligence, de détermination et de chance, réussirent à localiser Wuornos. Sa capture marqua la fin d'une série de meurtres qui avaient terrorisé la Floride, mais c'était aussi le début d'un nouveau chapitre, celui de la confrontation avec les conséquences de ses actes.

Le dénouement de l'histoire d'Aileen Wuornos était attendu avec une tension palpable. Après une traque intense, sa capture avait apporté un certain soulagement, mais également une série de questions qui nécessitaient des réponses.

Lorsque Wuornos fut finalement appréhendée, la nouvelle fit l'effet d'une bombe. Les médias, qui avaient suivi l'affaire avec un intérêt grandissant, se jetèrent sur l'histoire, la présentant comme un monstre, une aberration de la nature. Pourtant, derrière les gros titres, se cachait une réalité plus complexe et plus nuancée.

Les interrogatoires qui suivirent l'arrestation de Wuornos étaient des moments de vérité cruciaux. Face aux enquêteurs, elle commença à dévoiler l'histoire de ses crimes. Ses aveux étaient à la fois déroutants et révélateurs. Elle parlait de ses actes avec une franchise brutale, décrivant comment elle avait tué ses victimes en état de légitime défense contre des agressions sexuelles. Cependant, les preuves et les circonstances de certains meurtres semblaient contredire cette version des faits.

Son histoire était celle d'une femme brisée, poussée aux limites de la survie. Ses aveux révélaient une vie marquée par la violence. Wuornos, malgré les horreurs qu'elle avait commises, émergeait aussi comme une figure tragique, le produit d'une société qui l'avait constamment rejetée et maltraitée.

L'approche de son procès était un autre point de tension. La question de sa santé mentale était au cœur des débats. Les psychiatres et les experts en psychologie étaient divisés : certains voyaient en elle une femme profondément perturbée, nécessitant un traitement psychiatrique, tandis que d'autres la considéraient pleinement responsable de ses actes.
Le procès fut un événement médiatique, attirant l'attention de tout le pays. Les détails de ses crimes, ainsi que son histoire personnelle, étaient scrutés par le public.

L'atmosphère dans la salle d'audience était chargée d'une émotion intense. Lorsque le verdict fut enfin prononcé, il marqua la conclusion d'une des affaires criminelles les plus notoires de l'histoire américaine. Wuornos fut reconnue coupable et condamnée à la peine de mort. Cette sentence, bien que mettant fin au chapitre judiciaire de l'affaire, ne clôturait pas le débat sur les circonstances qui avaient mené Wuornos à emprunter un tel chemin.

La conclusion de l'histoire de Wuornos laissait derrière elle un héritage complexe. Elle soulevait des questions profondes sur la justice, la compassion et la manière dont la société traite ses membres les plus vulnérables. Son histoire était une fenêtre sur les ténèbres de l'âme humaine, mais aussi un miroir reflétant les failles et les injustices de notre monde.

Avec la conclusion du procès d'Aileen Wuornos et sa condamnation, le rideau tombait sur une des sagas criminelles les plus troublantes de notre histoire.

Le cas de Wuornos défiait les stéréotypes habituels des tueurs en série. Contrairement à l'image masculine dominante associée à ce profil, c'était une femme qui avait agi seule, une rareté dans les annales du crime. Cette singularité soulevait des questions sur les facteurs de risque et les parcours qui mènent à une telle violence.

Ses motivations étaient un mélange complexe de survie, de traumatisme et de désespoir. Son passé était marqué par des abus. Pour elle, la violence semblait être devenue une forme de réaction, une manière de reprendre le contrôle dans un monde où elle s'était toujours sentie impuissante. Cette perspective offre un aperçu tragique dans l'esprit d'une femme qui avait vu peu d'options et peu de sorties à sa situation.

La réaction du public et des médias à l'affaire Wuornos révélait également une fascination mêlée d'horreur pour les tueurs en série, en particulier lorsqu'ils sortent des normes attendues. Cette fascination soulevait des questions sur la manière dont la société traite et perçoit les crimes violents et leurs auteurs, en particulier quand ils défient les attentes.

Enfin, l'histoire de Wuornos interrogeait la notion de justice dans des cas aussi complexes. Sa condamnation à mort avait été controversée, suscitant un débat sur l'adéquation de la peine capitale, en particulier pour des individus ayant des antécédents de troubles mentaux et d'abus. Cette question restait ouverte, invitant à une réflexion sur la meilleure façon de traiter les crimes d'une telle gravité.

La vie et les actes d'Aileen Wuornos resteront gravés dans les annales du crime comme un cas d'étude complexe et perturbant. Son histoire est un rappel poignant des failles de la société et de la justice, ainsi qu'une invitation à mieux comprendre les racines profondes de la violence et les moyens de prévenir de telles tragédies à l'avenir.

Note de Réflexion : Comprendre le Tragique Destin d'Aileen Wuornos.

Chers lecteurs,

L'histoire d'Aileen Wuornos nous confronte à une réalité complexe et profondément troublante. Elle nous amène à réfléchir sur les thèmes de la justice, de la marginalisation et du désespoir humain. En suivant son parcours, nous explorons non seulement les actes d'une tueuse en série, mais aussi le portrait d'une vie marquée par des épreuves et des tragédies.

Wuornos représente un cas rare dans le profil des tueurs en série, non seulement par son genre, mais aussi par son parcours de vie. Son histoire soulève des questions sur l'impact des traumatismes, de l'abus et de la marginalisation sur le comportement humain. Comment les expériences de la vie de Wuornos ont-elles influencé ses choix tragiques ? Peut-on voir dans ses actes le résultat inévitable d'une vie de souffrances et d'abandon ?

Face à des cas aussi complexes, il est essentiel de considérer non seulement les actes, mais aussi le contexte et les circonstances qui ont conduit à ces actes. La peine de mort imposée à Wuornos est un sujet de débat et de réflexion, interrogeant notre conception de la justice et de la rédemption.

En outre, son histoire met en lumière les lacunes de nos systèmes sociaux et judiciaires. Elle interroge notre capacité à identifier et à soutenir ceux qui sont en marge de la société, à reconnaître les signes avant-coureurs de la détresse et à offrir des alternatives à ceux qui sont pris dans le cycle de la violence et de la criminalité.

Cette histoire est aussi un appel à une plus grande sensibilisation et à une action proactive. Elle nous incite à chercher des moyens de prévenir de telles tragédies.

Enfin, la vie et les actes d'Aileen Wuornos nous rappellent que derrière chaque fait divers se cache une histoire humaine complexe. Ils nous invitent à regarder au-delà des titres sensationnels de la presse et à réfléchir profondément sur les racines profondes de la violence et sur les moyens de bâtir une société plus juste et plus empathique.

Les Tourments de l'Ange de la Mort : Harold Shipman.

Au cœur de l'Angleterre, dans les paisibles bourgades de Hyde et Todmorden, se déroulait une histoire qui allait ébranler la confiance du public envers l'un des plus nobles métiers qui existe : celui de médecin. Harold Shipman, un médecin de famille apprécié et respecté, était sur le point de devenir tristement célèbre sous le surnom de « l'Ange de la Mort », un des tueurs en série les plus prolifiques de l'histoire.

Né en 1946 à Nottingham, Shipman semblait être un médecin dévoué, connu pour son attention envers ses patients. Cependant, derrière cette façade respectueuse se cachait une réalité bien plus sombre, une série de crimes qui allaient révéler un esprit profondément perturbé.

Les premiers signes que quelque chose n'allait pas apparurent subtilement. À Todmorden puis à Hyde, plusieurs patients de Shipman décédèrent dans des circonstances troublantes. Ces décès, souvent de personnes âgées, étaient généralement attribués à des causes naturelles. Cependant, la fréquence et les causes similaires de ces décès commencèrent à susciter des questions inquiétantes.

L'histoire de Shipman est marquée par une transformation inquiétante. Au départ, un médecin apparemment compatissant et professionnel, il devint progressivement un prédateur calculateur, choisissant ses victimes parmi ceux qui lui faisaient le plus confiance. Les victimes de Shipman étaient souvent des personnes âgées et vulnérables, qui voyaient en lui non seulement un médecin mais un confident et un ami.

La communauté médicale et les proches des victimes étaient loin de se douter de la vérité. Shipman était habile à dissimuler ses traces, usant de son autorité et de sa position pour éviter les soupçons. Il falsifiait les dossiers médicaux et les certificats de décès, expliquant les morts par des causes naturelles ou des complications de santé. Cependant, la réalité de ses actes commença à se révéler lorsque plusieurs familles commencèrent à exprimer leurs doutes. Des questions furent soulevées sur les circonstances des décès, et certains commencèrent à remarquer des incohérences dans les explications de Shipman. C'était le début d'une enquête qui allait révéler l'ampleur choquante de ses crimes.

Les premières investigations furent marquées par la prudence. Accuser un médecin respecté d'actes aussi atroces n'était pas chose aisée. Les enquêteurs devaient agir avec discrétion et rassembler suffisamment de preuves avant de pouvoir confronter Shipman.

Les questions qui se posaient alors étaient nombreuses : comment un médecin, un gardien de la vie, avait-il pu se transformer en un instrument de mort ? Quels étaient les signes manqués ? Et surtout, combien de vies Harold Shipman avait-il réellement emportées dans l'ombre ?

Alors que les soupçons entourant les activités de Harold Shipman commençaient à prendre forme, une enquête minutieuse et discrète se mettait en place.

Les premières fissures dans l'apparence impeccable de Shipman apparurent lorsque les familles de certains défunts commencèrent à exprimer leurs doutes. Des incohérences dans les certificats de décès, des histoires de visite de dernière minute du docteur Shipman, et des témoignages de proches qui ne correspondaient pas à l'histoire officielle. Ces petits indices, presque imperceptibles, étaient les premiers signes que quelque chose n'allait pas.

Les autorités, sous la pression croissante des familles et face à la gravité des accusations potentielles, intensifièrent leur enquête. Les dossiers médicaux des patients décédés furent examinés, révélant des conclusions troublantes. Beaucoup de morts s'étaient produites peu de temps après les visites de Shipman, et plusieurs décès étaient survenus dans des circonstances similaires.

L'un des tournants majeurs de l'affaire fut la découverte que Shipman avait falsifié des testaments et des certificats de décès. Cette révélation jeta une lumière sur ses motivations possibles. L'homme qui était considéré comme un médecin dévoué et attentionné se révélait être un manipulateur calculateur, utilisant sa position de confiance pour exploiter ses victimes.

Les enquêteurs commencèrent à reconstituer le modus operandi de Shipman. Il choisissait des victimes vulnérables, souvent âgées et isolées, et leur administrait des doses létales de médicaments, notamment de la morphine. Puis, il falsifiait les documents pour couvrir ses traces, présentant les décès comme naturels.

L'étendue des crimes de Shipman commença à se dessiner, une série de meurtres qui s'étendait sur plusieurs années. Chaque nouveau cas découvert ajoutait à l'horreur. Shipman n'était pas seulement un tueur en série ; il était un prédateur qui avait abusé de la confiance la plus sacrée entre un médecin et ses patients.

Alors que les preuves s'accumulaient, l'arrestation de Shipman devenait inévitable. L'homme qui avait été une figure respectée dans sa communauté était désormais perçu sous un jour totalement différent, un monstre déguisé en guérisseur. L'impact de ces révélations fut profond, secouant non seulement les communautés de Hyde et de Todmorden, mais aussi le monde médical dans son ensemble.

La question qui hantait tous les esprits était de savoir pourquoi. Pourquoi un médecin, qui avait prêté serment de protéger la vie, avait-il choisi un chemin si sombre et destructeur ? Les motifs de Shipman demeuraient un mystère, un puzzle complexe mêlant peut-être la cupidité, un besoin de contrôle et une déviance psychologique profonde.

La traque de Harold Shipman, ce médecin devenu tueur en série, se transforma en une opération d'envergure, aussi complexe que méticuleuse. Les enquêteurs, ayant dévoilé la sinistre réalité derrière ses actions, étaient désormais lancés dans une course contre la montre pour mettre fin à ses crimes.

L'enquête sur Shipman avait pris une tournure nouvelle après la découverte de ses falsifications de testaments et de certificats de décès. Les autorités, conscientes de l'ampleur potentielle des crimes, intensifièrent leurs efforts. Des équipes spéciales furent formées, combinant expertise médico-légale, analyse criminelle et investigation de terrain.

Les détectives commencèrent par examiner minutieusement les dossiers médicaux de tous les patients décédés sous les soins de Shipman. Ils étaient confrontés à un défi colossal : distinguer les décès naturels des meurtres. Chaque dossier était un puzzle en soi, chaque anomalie un indice potentiel vers la vérité cachée.

Parallèlement, des entretiens furent menés avec les familles des victimes. Ces conversations, souvent chargées d'émotion, révélèrent des récits troublants de dernières visites de Shipman, des comportements inhabituels et des circonstances de décès qui ne cadraient pas avec les explications données. Les témoignages, empreints de chagrin et de colère, ajoutaient une dimension humaine poignante à l'enquête.

La pression médiatique et publique s'intensifiait. La communauté, autrefois confiante envers Shipman, se trouvait désormais plongée dans un état de choc et de méfiance. Les médias couvraient l'affaire avec une attention constante, mettant en lumière non seulement les crimes présumés de Shipman, mais aussi les failles dans les systèmes de surveillance des professionnels de la santé.

Dans ce climat tendu, les enquêteurs travaillaient sans relâche. Ils analysaient les modèles de prescription de Shipman, ses visites à domicile, et comparaient les dossiers médicaux avec les résultats des autopsies. Chaque élément était crucial pour bâtir un dossier solide contre Shipman.

L'un des défis majeurs était de prouver l'intention criminelle dans un contexte médical. Shipman avait utilisé ses connaissances médicales pour masquer ses crimes, rendant la tâche des enquêteurs d'autant plus ardue. Ils devaient démontrer que les décès n'étaient pas le résultat de complications médicales, mais d'actes délibérés.

Alors que l'enquête progressait, les pièces du puzzle commençaient à s'assembler. Les preuves s'accumulaient, dessinant le portrait d'un homme qui avait trahi la confiance la plus fondamentale entre un médecin et ses patients. Cependant, Shipman, toujours en liberté, continuait ses activités, ignorant que le filet se resserrait autour de lui.

Cette traque, empreinte de rigueur et de détermination, était sur le point de porter ses fruits. Les enquêteurs étaient sur le point de dévoiler l'ampleur choquante des crimes de Shipman, préparant le terrain pour l'une des arrestations les plus marquantes de l'histoire criminelle britannique.

Les enquêteurs, armés de preuves accumulées au cours de mois d'investigations minutieuses, se préparaient à clore le chapitre le plus sombre de l'histoire criminelle britannique.

Les preuves contre Shipman s'accumulaient de façon accablante. Des autopsies révélées, des dossiers médicaux minutieusement examinés et des témoignages de familles endeuillées peignaient un tableau horrifiant : celui d'un médecin qui avait trahi de la manière la plus abjecte le serment d'Hippocrate. Chaque découverte ajoutait une pièce au puzzle macabre de la série de meurtres de Shipman.

Dans les bureaux des enquêteurs, les discussions tournaient autour de la meilleure stratégie pour appréhender Shipman. Ils savaient que l'arrestation d'un médecin aussi respecté provoquerait un choc et une incrédulité dans toute la nation. Il fallait agir de manière décisive et irréfutable, s'assurant que toutes les preuves étaient incontestables.

Lorsque le moment de l'arrestation arriva, c'était avec une préparation méticuleuse. Shipman fut appréhendé sans incident, semblant presque résigné à son sort. Les images de sa capture firent rapidement le tour du pays, un moment de justice attendu par de nombreuses familles en deuil.

Le procès de Shipman fut l'un des plus suivis et les plus médiatisés de l'histoire du Royaume-Uni. L'ampleur de ses crimes, son statut de médecin, et l'énorme trahison de confiance qu'il représentait captivèrent l'attention du public. Chaque jour d'audience apportait son lot de révélations choquantes.

Au cours du procès, le portrait de Shipman qui se dessinait était celui d'un homme froid et calculateur, ayant agi avec une précision méthodique. Ses victimes avaient été choisies avec soin, et il avait agi avec une froideur et une détermination glaçantes. Les témoignages des familles des victimes, empreints de douleur et de colère, faisaient écho dans la salle d'audience, soulignant l'ampleur du drame humain causé par Shipman.

Lorsque le verdict fut prononcé, c'était avec un sentiment de justice attendue, mais aussi d'une profonde tristesse. Shipman fut reconnu coupable de multiples meurtres, une sentence qui confirmait ce que beaucoup redoutaient : un médecin avait commis l'impensable. La condamnation de Shipman fut un moment de soulagement pour les familles des victimes, mais elle ne pouvait effacer la douleur causée.

Le dénouement de l'affaire Shipman soulevait des questions profondes sur la confiance envers les professionnels de la santé, sur la surveillance et la régulation des pratiques médicales, et sur la capacité à détecter les signes d'un comportement criminel chez un individu en position d'autorité.

Alors que le rideau tombait sur l'affaire Harold Shipman, avec sa condamnation et l'écho retentissant de ses crimes à travers le Royaume-Uni et le monde, une analyse approfondie s'imposait.

Le cas de Shipman était sans précédent dans l'histoire criminelle moderne. Non seulement par l'étendue de ses crimes, mais aussi par la nature de son métier. En tant que médecin, Shipman avait violé le lien sacré de confiance entre un praticien et ses patients. Ses actes soulevaient des questions troublantes sur la confiance, l'autorité et la surveillance dans le domaine médical.

L'analyse des motivations de Shipman restait complexe et énigmatique. Était-ce la cupidité qui l'avait poussé à tuer, comme en témoignaient les falsifications de testaments ? Était-ce un besoin de contrôle, une perversion de son pouvoir en tant que médecin ? Ou y avait-il des aspects plus profonds, plus sombres, cachés dans la psyché de Shipman ?

Les experts qui ont examiné son cas ont avancé différentes théories. Certains ont parlé de psychopathie, soulignant son manque apparent de remords et son comportement calculateur. D'autres ont suggéré que ses actes pouvaient être le résultat d'une forme complexe de mégalomanie ou d'une déviance psychologique profondément enracinée.

Ce qui était indéniable, c'était que Shipman avait agi avec une préméditation et une précision terrifiantes. Il avait sélectionné ses victimes, principalement des personnes âgées et vulnérables, et utilisé ses connaissances médicales pour exécuter ses crimes de manière presque indétectable. Cette réalité soulevait des questions alarmantes sur la facilité avec laquelle un médecin pouvait exploiter son statut pour commettre de telles atrocités.

L'impact de l'affaire Shipman sur la société britannique était immense. Elle avait ébranlé la confiance dans le système médical et avait conduit à des réformes majeures dans la surveillance des professionnels de santé. L'affaire avait mis en lumière la nécessité de systèmes de contrôle plus rigoureux et d'une plus grande transparence dans les soins médicaux.

Pour les familles des victimes, la conclusion de l'affaire apportait peu de consolation. Leurs proches avaient été trahis de la manière la plus brutale imaginable, et bien que justice ait été rendue, le deuil et la douleur persistaient. L'affaire Shipman était un rappel douloureux de la fragilité de la vie et de la capacité du mal à se cacher derrière un visage familier et rassurant.

Enfin, l'histoire de Harold Shipman restait une sombre méditation sur la nature humaine. Elle interrogeait notre capacité à comprendre et à identifier le mal, même lorsqu'il se présente sous les traits rassurants d'un médecin dévoué. Les crimes de Shipman étaient un avertissement, un appel à une vigilance constante face aux menaces cachées dans les recoins les plus inattendus de notre société.

Note de Réflexion : Les Leçons Derrière l'Affaire Shipman.

Chers lecteurs,

L'histoire de Harold Shipman, bien que tragique et perturbante, offre de précieuses leçons et des points de réflexion essentiels. Elle nous confronte à la complexité de la nature humaine et aux défis que représentent la détection et la prévention des actes criminels dans les professions de confiance, telles que la médecine.

Le cas de Shipman souligne de manière alarmante comment un individu peut abuser de sa position d'autorité et de confiance pour commettre des actes inimaginables. Il nous rappelle que la vigilance est nécessaire, non seulement dans les interactions quotidiennes, mais aussi dans les systèmes de surveillance professionnelle. L'affaire Shipman a conduit à des réformes importantes dans le contrôle des médecins au Royaume-Uni, illustrant la nécessité d'une réglementation et d'une surveillance accrue.

Cette histoire nous pousse également à réfléchir sur les signes avant-coureurs qui peuvent être présents dans de tels cas. Comment reconnaître les indices subtils de comportement qui pourraient indiquer un problème plus profond ? Comment les systèmes en place peuvent-ils mieux détecter et répondre à ces signes pour prévenir de telles tragédies ?

D'un point de vue plus large, l'affaire Shipman nous interroge sur notre compréhension du mal. Qu'est-ce qui pousse un individu, apparemment normal et respecté, à franchir la ligne et à devenir un criminel ? Cette question reste largement sans réponse, mais elle incite à une exploration plus profonde des facteurs psychologiques et sociaux qui peuvent influencer un tel comportement.

Enfin, son histoire est un rappel de l'impact humain de tels crimes. Les victimes et leurs familles, qui ont été trahies de la manière la plus brutale, méritent d'être reconnues et honorées. Leur souffrance souligne l'importance de la justice et du deuil, et rappelle la nécessité de soutenir ceux qui ont été touchés par de telles tragédies.

En somme, l'histoire de Harold Shipman, bien que sombre, nous offre l'occasion de réfléchir, d'apprendre et de nous engager à créer un monde plus sûr et plus conscient des signes de danger, même lorsqu'ils proviennent des endroits les moins attendus.

Le Puzzle Macabre de Zodiac.

Dans les années 1960 et 1970, la Californie fut le théâtre d'une série de crimes qui allaient captiver et horrifier l'Amérique. L'histoire du tueur en série connu sous le nom de « Zodiac » reste l'une des énigmes non résolues les plus fascinantes de l'histoire criminelle américaine.

Le début de l'histoire du Zodiac peut être tracé jusqu'à la fin des années 1960, dans la région de la baie de San Francisco. La première attaque connue attribuée au Zodiac eut lieu à la fin de l'hiver 1968. Deux adolescents, Betty Lou Jensen et David Faraday, furent retrouvés morts sur une route isolée. Ce double homicide, brutal et apparemment sans motif, marqua le début d'une série de meurtres terrifiants qui allaient s'étendre sur plusieurs années.

Les mois suivants, le tueur continua ses attaques, ciblant des couples dans des lieux isolés. Chaque scène de crime révélait un mode opératoire similaire : des victimes abattues à bout portant, souvent dans leurs voitures, laissant peu d'indices derrière lui. L'audace et la brutalité des attaques créaient un climat de peur et d'incertitude dans la région.

Ce qui distinguait le tueur du Zodiac des autres tueurs en série de l'époque était sa communication avec les médias et la police. Peu de temps après les premiers meurtres, des journaux locaux reçurent des lettres cryptiques, revendiquant les crimes et accompagnées de codes complexes à déchiffrer. Ces messages, signés du symbole désormais infâme du Zodiac, étaient à la fois une provocation et un défi jeté aux autorités et au public.

Les lettres du tueur étaient empreintes de fanfaronnade et de mépris pour la police. Il se vantait de ses crimes, tout en donnant des détails que seul le tueur pouvait connaître. Ces communications ajoutaient une dimension terrifiante à l'affaire : non seulement le Zodiac tuait avec une froideur calculatrice, mais il semblait également prendre plaisir à narguer les autorités et à semer la terreur.

L'enquête sur le Zodiac se heurtait à de nombreux obstacles. Le tueur était prudent, ne laissant que peu d'indices matériels sur les lieux de ses crimes. Les descriptions fournies par les rares témoins étaient vagues et contradictoires, rendant l'élaboration d'un portrait-robot fiable extrêmement difficile.

Alors que les mois passaient, l'ombre du Zodiac s'étendait sur la Californie. Chaque nouvelle lettre, chaque nouveau cryptogramme envoyé aux journaux ajoutait à la complexité du puzzle. La communauté, la police et les journalistes étaient tous pris dans le jeu macabre du tueur, un jeu où les enjeux étaient mortels.

L'histoire du Zodiac plante le décor d'un mystère qui allait devenir une obsession nationale. Elle pose des questions fondamentales : qui était le Zodiac ? Quelles étaient ses motivations ? Et pourquoi a-t-il choisi de communiquer de manière si énigmatique et provocante ?

Son histoire est non seulement celle d'un tueur en série, mais aussi celle d'une énigme qui défie le temps, un puzzle macabre et inachevé qui continue de hanter les esprits.

Alors que les crimes du Zodiac continuaient de semer la terreur en Californie, l'énigme autour de son identité et de ses motivations devenait de plus en plus complexe.

Après les premières attaques, le tueur en série intensifia ses activités criminelles, laissant derrière lui une trace de mort et de mystère. Chaque crime semblait être soigneusement planifié, chaque victime choisie avec une intention précise. Le modus operandi du Zodiac était à la fois brutal et calculateur, marquant chaque scène de crime de sa signature macabre.

La communication du tueur avec les médias et la police se poursuivait, chaque lettre étant plus provocante et complexe que la précédente. Ces correspondances comprenaient des cryptogrammes qui, selon le Zodiac, révéleraient son identité si elles étaient déchiffrées. Les experts et les cryptographes amateurs se sont lancés dans une course contre la montre pour décrypter ces messages, mais la plupart sont restés une énigme, ajoutant à la légende du tueur.

Dans ces lettres, le Zodiac affirmait avoir commis plus de meurtres que ceux officiellement liés à lui par les enquêteurs. Il se vantait de sa supériorité sur la police et exprimait un mépris glacial pour ses victimes. Ces lettres était un jeu pervers pour le tueur, un moyen d'exercer un contrôle et de semer la peur.

L'enquête était extrêmement complexe. Malgré des indices, des témoignages et les efforts inlassables des enquêteurs, le Zodiac restait insaisissable. Des « profilers » ont été engagés pour essayer de comprendre la psychologie du tueur, mais leurs conclusions ne menaient à aucun suspect concret, malheureusement.

La peur s'étendait bien au-delà des lieux de ses crimes. La population californienne était en état d'alerte, craignant que le Zodiac puisse frapper à nouveau à tout moment. Cette peur était exacerbée par la nature aléatoire et imprévisible de ses attaques. Personne ne semblait à l'abri.

Les tentatives de décrypter les messages du tueur ont occupé des experts et des amateurs pendant des années. Chaque nouveau cryptogramme déchiffré était célébré comme un triomphe, mais souvent, ces réussites ne faisaient qu'approfondir le mystère. Le Zodiac avait créé un labyrinthe de codes et de symboles qui captivaient et frustraient le public.

Il est devenu plus qu'un tueur en série ; il était un spectre hantant l'imaginaire collectif. Ses crimes, sa correspondance cryptique et son habileté à éviter la capture ont fait de lui une figure presque mythique, une énigm qui défiait les efforts des meilleurs enquêteurs du pays.

La traque de ce tueur en série insaisissable, était devenue une obsession pour les forces de l'ordre en Californie. Chaque nouvelle lettre, chaque nouveau cryptogramme, chaque nouveau crime ne faisait qu'intensifier la détermination des enquêteurs à capturer ce fantôme.

Les forces de l'ordre, bien que déterminées, étaient souvent déroutées par l'absence de motifs clairs et par la nature apparemment aléatoire des attaques. Les descriptions des témoins étaient vagues et souvent contradictoires, rendant l'élaboration d'un portrait-robot fiable presque impossible.

La communication du Zodiac avec les médias et la police était un élément clé de l'enquête. Chaque lettre, chaque cryptogramme était analysé en détail, dans l'espoir de trouver un indice qui pourrait mener à son identification. Des experts en cryptographie du monde entier se penchaient sur ses messages, tentant de déchiffrer les codes complexes. Mais chaque réussite semblait ne mener qu'à de nouvelles énigmes.

Les enquêteurs se sont également intéressés aux victimes du tueur, cherchant un lien, un motif qui pourrait expliquer pourquoi elles avaient été ciblées. Mais les profils des victimes étaient divers, rendant difficile l'identification d'un schéma cohérent. Chaque crime semblait être un acte isolé, sans lien apparent avec les autres.

Les efforts pour capturer le Zodiac ont été marqués par plusieurs fausses pistes et suspects potentiels. À plusieurs reprises, les enquêteurs croyaient être sur le point de résoudre l'affaire, mais chaque piste s'effondrait sous un examen plus approfondi. La frustration au sein de l'équipe d'enquête était palpable, chaque échec ajoutant à l'urgence de trouver le tueur.

La pression publique et médiatique était également immense. La population exigeait des réponses et la capture du Zodiac. Les médias diffusaient chaque nouveau développement avec un intérêt vorace, attisant la peur et l'angoisse du public. Cette pression ajoutait une couche supplémentaire de difficulté à une enquête déjà complexe.

Dans ce contexte, des théories et des spéculations abondaient. Certaines étaient basées sur des analyses psychologiques du comportement du Zodiac, d'autres sur des comparaisons avec d'autres affaires criminelles. Mais malgré toutes les théories, le meurtrier restait une ombre, un fantôme échappant à chaque tentative de capture.

Sa traque était devenue plus qu'une enquête ; c'était une quête, presque mythique, pour découvrir la vérité derrière l'un des plus grands mystères criminels de l'histoire américaine. Les enquêteurs, malgré les obstacles et les déceptions, restaient engagés dans leur mission, déterminés à mettre fin à la terreur du Zodiac.

Alors que l'enquête entrait dans une phase cruciale, l'atmosphère était chargée d'une tension palpable. Les enquêteurs, les médias et le public attendaient avec anxiété le dénouement de cette affaire énigmatique

Les années passant, l'espoir de capturer le Zodiac s'amenuisait. Malgré les efforts inlassables des enquêteurs, le tueur restait une énigme. Les lettres du tueur, auparavant fréquentes, avaient cessé, laissant un silence inquiétant. Cependant, l'enquête n'était pas abandonnée. Les détectives continuaient de travailler sur les cas, revisitant les scènes de crime, réexaminant les preuves et interviewant à nouveau les témoins.
Un élément crucial de l'enquête, vous l'aurez compris, était l'analyse des cryptogrammes du Zodiac. Bien que la plupart soient restés non déchiffrés, chaque petit progrès était une victoire, offrant de potentiels indices sur l'identité du tueur. Les cryptogrammes étaient comme un

puzzle diabolique laissé par le tueur, une taquinerie macabre qui défiait les meilleurs esprits.

Les enquêteurs ont également exploré de nouvelles technologies pour tenter de résoudre l'affaire. Des techniques avancées de profilage criminel, des analyses ADN et des reconstructions numériques étaient utilisées dans l'espoir de découvrir un indice qui avait été manqué. Chaque nouvelle technologie apportait un regain d'espoir, mais aussi une nouvelle couche de complexité.

Pendant ce temps, les théories sur l'identité du Zodiac continuaient de proliférer. Des suspects potentiels étaient scrutés, certains menant à des pistes prometteuses, d'autres à des impasses frustrantes. Chaque nouveau suspect suscitait un intérêt médiatique intense, mais aucun ne pouvait être définitivement lié au tueur.

Les familles des victimes, toujours en quête de réponse, suivaient chaque développement avec un mélange d'espoir et de désespoir. Pour elles, l'affaire Zodiac n'était pas simplement un mystère à résoudre, mais une source de douleur profonde et durable. Leur quête de justice était un rappel poignant des coûts humains de ces crimes.

Alors que l'enquête avançait, la réalisation que le Zodiac pourrait ne jamais être capturé commençait à s'imposer. Les enquêteurs étaient confrontés à la possibilité déconcertante que le tueur puisse échapper à la justice, laissant derrière lui un héritage de terreur et de mystère. Le dénouement de l'affaire était loin d'être clair. Les années passant, l'histoire du Zodiac se transformait en légende, un récit qui continuait de fasciner et de hanter.

Mais les questions demeuraient : Qui était le Zodiac ? Pourquoi a-t-il commis ces crimes ? Et le plus troublant de tous, était-il encore là, caché quelque part, observant le monde continuer sans connaître sa véritable identité ?

La saga du Zodiac, avec ses mystères non résolus, reste l'une des énigmes les plus fascinantes et troublantes de l'histoire criminelle.

L'histoire du Zodiac est avant tout celle d'un maître de l'évasion et du déguisement. Ses crimes, bien que brutaux et terrifiants, étaient exécutés avec une précision qui a constamment défié les forces de l'ordre. L'utilisation de cryptogrammes et la communication directe avec les médias et la police ont ajouté une couche de complexité à l'affaire, transformant le Zodiac en une sorte de légende urbaine, aussi insaisissable dans la mort que dans la vie.

Les motivations derrière ses actions restent opaques. Certains experts ont suggéré que ses crimes étaient alimentés par un besoin de notoriété et de contrôle. Les lettres et les cryptogrammes pourraient être interprétés comme un désir de démontrer sa supériorité intellectuelle, défiant les forces de l'ordre et le public. D'autres théories proposent que le Zodiac était motivé par une sorte de désir psychopathique de pouvoir et de domination, ses victimes n'étant que des pions dans son jeu morbide.

L'analyse des lettres du Zodiac offrait un aperçu de sa psychologie. Ses messages étaient souvent empreints d'un ton narquois, révélant un individu qui prenait plaisir à taquiner et à provoquer ceux qui le pourchassaient. Cette communication était peut-être sa manière de s'inscrire dans l'histoire, de laisser une trace indélébile de son passage.

L'affaire a également soulevé des questions sur la capacité des forces de l'ordre à gérer des affaires d'une telle complexité. Malgré les efforts déployés, le Zodiac a toujours réussi à rester un pas en avant, exploitant les limites des techniques d'enquête de l'époque. Cela a conduit à des changements significatifs dans les méthodes d'investigation criminelle, notamment en matière de profilage et d'analyse comportementale.

Pour les familles des victimes et pour le public, l'affaire est restée une source de frustration et de douleur. Le manque de clôture, l'absence de justice pour les victimes, a laissé une cicatrice apparente. Chaque nouvelle théorie, chaque nouveau suspect apportait un mélange d'espoir et de désespoir, une envie désespérée de réponses.

En fin de compte, l'histoire du Zodiac est un rappel sombre de la présence du mal dans notre société. Elle met en lumière la fragilité de notre sécurité et la complexité de la psyché humaine. Le tueur, dans son énigme non résolue, demeure un sujet de fascination et d'étude, un cas qui continue de défier les meilleurs détectives et esprits criminologiques.

L'histoire du tueur du Zodiac, avec ses multiples couches et son absence de résolution, reste gravée dans l'imaginaire collectif. Elle représente non seulement un défi pour la justice, mais aussi pour notre compréhension de la nature humaine et de ses abysses les plus obscurs.

Note de Réflexion : Le Mystère Insondable du Zodiac.

Chers lecteurs,

L'affaire du tueur du Zodiac représente bien plus qu'une série de crimes non résolus ; elle est une fenêtre sur les profondeurs insondables de l'esprit criminel et un rappel des limites de notre compréhension. Dans cette histoire, nous avons exploré non seulement les actes terrifiants d'un tueur en série, mais aussi la fascination et la terreur qu'il a engendrées.

Le Zodiac, dans ses communications cryptiques et ses actes insaisissables, défie nos conceptions traditionnelles de la criminalité. Il incarne la figure du « monstre » insaisissable, celui qui, malgré tous les efforts pour le comprendre et le capturer, reste hors de portée. Cette inaccessibilité soulève des questions fondamentales sur la nature du mal et notre capacité à protéger la société contre des menaces invisibles.

Les cryptogrammes du Zodiac sont particulièrement intrigants. Ils représentent un défi intellectuel, un jeu macabre qui invite à l'analyse et à la spéculation. Ces messages codés sont un mélange de provocation et de mystère, servant à la fois de signature du tueur et de défi lancé à ceux qui cherchent à le démasquer.

La persistance du mystère du Zodiac dans la culture populaire témoigne de notre fascination pour l'inexpliqué. Il y a quelque chose d'irrésistiblement attirant dans une énigme, surtout quand elle est aussi sombre et complexe. Cette fascination, toutefois, ne doit pas nous faire oublier les véritables victimes de ces crimes et l'impact dévastateur sur leurs familles.

L'histoire du Zodiac nous rappelle également l'importance de la vigilance dans les enquêtes criminelles. Face à un adversaire aussi énigmatique, les méthodes traditionnelles d'enquête peuvent se révéler insuffisantes. Cette affaire a poussé les enquêteurs à repenser leurs stratégies et à adopter de nouvelles technologies et méthodes d'analyse.

En conclusion, le Zodiac demeure un symbole de la nature évasive et souvent incompréhensible du mal. Son histoire, bien qu'incomplète, est un récit qui continue d'inspirer, d'intriguer et de mettre en garde. Elle nous invite à regarder au-delà des apparences, à questionner ce que nous pensons savoir et à rester éveillés face aux mystères qui nous entourent.

L'Abîme de l'Homme au Sac : Charles Cullen.

Dans les couloirs silencieux des hôpitaux du New Jersey et de Pennsylvanie, un prédateur se dissimulait dans l'ombre, revêtu de la blouse blanche de la confiance et de la bienveillance. Charles Cullen, un infirmier apparemment dévoué, était en réalité un tueur en série dont les actes allaient ébranler les fondements mêmes de la confiance accordée au personnel soignant.

Le début de l'histoire morbide de Charles Cullen peut être retracé aux années 1990, lorsqu'il commença à travailler comme infirmier dans divers établissements hospitaliers. Homme discret et apparemment compétent, Cullen se fondait dans le quotidien hospitalier, ne laissant rien transparaître de la noirceur qui se cachait derrière son calme apparent.

Les premiers signes de ses crimes passèrent inaperçus, dissimulés derrière les rideaux de la routine médicale. Des patients, souvent âgés ou en phase terminale, décédaient de manière inattendue. Ces décès, bien que tragiques, n'éveillaient pas immédiatement les soupçons, étant donné le contexte médical dans lequel ils survenaient.

Cependant, au fil du temps, une tendance alarmante commença à émerger. Des collègues de Cullen remarquèrent des irrégularités : des médicaments manquants, des dosages inexplicables, des décès inexpliqués. Ces indices, bien que subtils, étaient les premiers signes indiquant que quelque chose d'anormal se tramait dans l'ombre.

Les premières investigations furent discrètes, les hôpitaux réticents à admettre qu'un de leurs employés pourrait être impliqué dans des actes répréhensibles. Cullen, profitant de cette hésitation, continuait ses activités mortelles, passant d'un hôpital à l'autre, laissant derrière lui une traînée de mort et de mystère.

Les victimes de Cullen n'étaient pas choisies au hasard ; elles étaient souvent vulnérables, isolées, et dans certains cas, en fin de vie. Cela rendait ses crimes d'autant plus perfides et difficiles à détecter. Cullen administrait des surdoses de médicaments, manipulant les doses pour causer la mort, tout en restant sous le radar de la surveillance hospitalière.

L'enquête sur les agissements de Cullen prit une tournure plus sérieuse lorsque les coïncidences devinrent trop nombreuses pour être ignorées. Les autorités, alertées par des collègues inquiets et des anomalies dans les dossiers médicaux, commencèrent à assembler les pièces du puzzle morbide.

Alors que l'enquête sur Charles Cullen s'intensifiait, un voile sombre se levait sur les horreurs dissimulées derrière les portes des hôpitaux où il avait travaillé.

Les collègues de Cullen, initialement réticents à croire qu'un membre de leur profession puisse commettre de tels actes, étaient désormais confrontés à une réalité inquiétante. Des disparités dans les inventaires de médicaments, des anomalies dans les dossiers des patients, et une série de décès inexpliqués commençaient à former un schéma troublant. Cullen, dans sa routine quotidienne, semblait avoir orchestré secrètement une série de meurtres sous couvert de soins.

L'attention se focalisa sur les méthodes employées par Cullen pour mener à bien ses crimes. Il choisissait ses victimes parmi les patients les plus vulnérables, utilisant son accès aux médicaments pour administrer des doses létales. Ces actes étaient d'autant plus perfides qu'ils se déroulaient dans un environnement où la confiance et la sécurité devraient être de mise.

Les enquêteurs commencèrent à retracer le parcours professionnel du tueur, découvrant un modèle alarmant de décès suspects coïncidant avec ses périodes d'emploi dans divers hôpitaux. Chaque nouvel établissement où Cullen avait travaillé révélait de nouvelles victimes, élargissant l'ampleur terrifiante de ses crimes.

L'un des aspects les plus déroutants de l'affaire était le manque apparent de motif. Contrairement à de nombreux tueurs en série, Cullen ne semblait pas chercher de reconnaissance ou de gloire pour ses actes. Sa motivation restait un mystère, plongeant les enquêteurs et le public dans la perplexité.

Les familles des victimes, confrontées à la réalité que leurs proches avaient été tués non pas par la maladie mais par l'homme censé les soigner, étaient dévastées. Leur douleur était exacerbée par le sentiment de trahison et d'injustice. Les témoignages de ces familles, empreints de chagrin et de colère, ajoutaient une dimension humaine poignante à l'enquête.

L'arrestation imminente de Cullen devenait une question de temps. Les preuves s'accumulaient, et les enquêteurs resserraient leur étau autour de lui. Cependant, apparemment conscient que le filet se refermait, il continuait ses activités avec une froide détermination.

Les enquêteurs, en collaboration avec les hôpitaux où il avait travaillé, commençaient à reconstituer un tableau effrayant. Les analyses approfondies des dossiers médicaux révélaient des coïncidences troublantes : une surmortalité inexpliquée durant les périodes d'emploi de Cullen. Ces révélations, combinées à des disparitions inquiétantes de médicaments et à des témoignages de collègues, commençaient à former un schéma clair et inquiétant.

La pression s'intensifiait pour la police et les procureurs. La société demandait des comptes, les familles des victimes réclamaient justice, et les médias suivaient chaque développement avec une attention soutenue. Dans ce climat tendu, la moindre erreur pouvait faire basculer l'enquête, et l'urgence de capturer Cullen ne faisait qu'augmenter.

Les analyses de données, les interviews approfondies et l'examen des antécédents professionnels de Cullen étaient complétés par des techniques de profilage criminel pour essayer de comprendre la psychologie derrière ses actes.

Cullen, quant à lui, semblait poursuivre ses activités avec une froide indifférence aux enquêtes en cours. Son comportement, à la fois discret et méthodique, rendait la tâche des enquêteurs particulièrement difficile. Ils devaient non seulement prouver sa culpabilité, mais aussi le prendre en flagrant délit, une tâche ardue étant donné la nature secrète de ses crimes.

Les moments décisifs de l'enquête furent marqués par des découvertes clés. Des preuves concrètes, comme des enregistrements de surveillance et des anomalies dans les registres de médicaments, commençaient à établir un lien direct entre Cullen et les décès suspects. Ces éléments, bien que cruciaux, n'étaient pas suffisants pour une arrestation immédiate ; il fallait une stratégie minutieusement planifiée pour le capturer sans risque de le voir s'échapper.

Dans cette atmosphère de chasse intense, les enquêteurs et les autorités médicales étaient confrontés à un dilemme moral et éthique. Comment protéger les patients tout en poursuivant une enquête discrète ? La balance entre la sécurité publique et l'intégrité de l'enquête était un enjeu constant.

Le dénouement de la traque de Charles Cullen était imminent. Les enquêteurs, armés de preuves de plus en plus accablantes, se rapprochaient de la vérité sur les actes terrifiants de cet infirmier criminel.

Les indices accumulés contre Cullen étaient désormais irréfutables. Mais les enquêteurs savaient qu'une arrestation précipitée pourrait compromettre l'affaire. Ils devaient agir avec prudence et précision.

Alors que l'étau se resserrait, Cullen continuait ses activités, apparemment insensible à la pression croissante. Les enquêteurs observaient ses moindres mouvements, cherchant le moment idéal pour intervenir. La tension était palpable, tant au sein de l'équipe d'enquête que dans les hôpitaux où Cullen avait travaillé. Finalement, l'opportunité tant attendue se présenta. Les enquêteurs, après avoir minutieusement préparé leur stratégie, passèrent à l'action. Cullen fut arrêté dans une opération soigneusement orchestrée, mettant fin à des années de crimes secrets et de terreur.

L'arrestation de Charles Cullen fut un moment de soulagement pour les enquêteurs, mais aussi un moment de profonde réflexion. La prise de conscience de l'ampleur et de la nature de ses crimes était accablante. Cullen avait abusé de sa position de confiance pour ôter la vie à des dizaines de personnes, souvent des patients vulnérables et sans défense.

Face aux preuves écrasantes, il commença à révéler les détails de ses crimes. Ces aveux, bien que nécessaires pour l'enquête, étaient difficiles à entendre, tant pour les enquêteurs que pour les familles des victimes. Chaque révélation ajoutait une couche supplémentaire d'horreur à l'affaire.

Le procès de Cullen fut l'occasion de faire la lumière sur ses actes. Les témoignages des collègues, les preuves recueillies et les aveux de Cullen lui-même permirent de reconstituer le fil de ses crimes. Le portrait qui émergeait était celui d'un homme profondément perturbé, dont les actions avaient causé des souffrances incommensurables. Pour les familles des victimes, le procès était à la fois une quête de justice et un moment douloureux. Elles devaient faire face à la réalité brutale de la perte de leurs proches, tout en cherchant à comprendre les raisons derrière les actes de Cullen. Le verdict, lorsqu'il tomba, fut une conclusion à un chapitre tragique, mais il ne pouvait effacer la douleur ni les cicatrices laissées par cette affaire.

La capture et la condamnation de Charles Cullen marquent la fin d'une série de crimes qui ont secoué les fondements de la confiance dans le milieu médical

Le cas de Charles Cullen, par son ampleur et sa nature, soulève de nombreuses questions sur les failles des systèmes de surveillance dans les établissements de santé. Comment un infirmier a-t-il pu commettre un si grand nombre de meurtres sans être détecté pendant si longtemps ? L'affaire a mis en lumière des lacunes dans le suivi des médicaments et des pratiques du personnel, ainsi que des déficiences dans la communication entre les différents hôpitaux.

Les motivations de Cullen restent un sujet de spéculation. Contrairement à de nombreux tueurs en série, il n'a pas cherché la publicité ou la reconnaissance pour ses actes. Certains experts en criminologie ont suggéré que ses crimes pourraient être motivés par un désir de contrôle ou par une forme de compassion tordue, euthanasiant des patients qu'il percevait comme souffrants. D'autres ont émis l'hypothèse de motivations plus sombres, telles que la satisfaction de pulsions meurtrières sous couvert de soins.

L'impact de l'affaire Cullen sur les familles des victimes est profond et durable. Pour elles, les aveux et la condamnation de Cullen ne représentent pas la fin du traumatisme. La douleur de perdre un être cher de manière si tragique et inattendue est exacerbée par la trahison de confiance. Ce drame souligne l'importance du deuil.

Sur le plan juridique et éthique, l'affaire Cullen a conduit à des réformes dans les hôpitaux et les systèmes de santé. Des mesures ont été prises pour améliorer la surveillance des médicaments, renforcer les vérifications des antécédents du personnel soignant et faciliter la communication entre les établissements de santé. Ces changements visent à prévenir la répétition de telles tragédies.

Enfin, l'histoire de Charles Cullen nous interpelle sur la nature du mal et les mécanismes de la psyché humaine. Dans un lieu dédié à la guérison et aux soins, Cullen a choisi de devenir un agent de mort et de douleur. Son cas reste un sombre rappel que le mal peut se cacher là où on l'attend le moins, revêtu de la toge de la confiance et de la responsabilité.

Note de Réflexion : Au-delà des Crimes de Charles Cullen.

Chers lecteurs,

L'affaire Charles Cullen, avec ses ramifications sombres et complexes, nous confronte à des questions essentielles sur la confiance, la trahison et la responsabilité dans les institutions censées être des sanctuaires de soin et de guérison. Cullen, sous le masque de soignant dévoué, a trahi la confiance fondamentale accordée aux professionnels de la santé, révélant une face sombre et troublante de la nature humaine.

Cette histoire nous amène à réfléchir sur la confiance que nous plaçons dans ceux qui sont chargés de prendre soin de nos proches les plus vulnérables. Les actes de Cullen ont non seulement coûté des vies innocentes, mais ont également ébranlé la foi en un système destiné à protéger et à guérir. Sa capacité à dissimuler ses crimes souligne les défis auxquels sont confrontés les systèmes de santé pour détecter et prévenir de tels actes.

Les motivations de Cullen, bien que difficiles à discerner avec précision, nous interpellent sur la complexité de la psyché humaine. Qu'est-ce qui pousse un individu à commettre de tels actes sous couvert de soignant ? Cette question reste un sujet de débat et de recherche en criminologie et en psychologie.

Pour les familles des victimes, l'affaire Cullen représente une perte incommensurable et une trahison profonde.

Leur deuil est marqué par la douleur de savoir que leurs proches ont été victimes non pas de la maladie, mais d'un acte criminel. Leur quête de justice et de vérité est un rappel poignant de l'impact humain de ces crimes.

Enfin, cette histoire met en évidence l'importance de la vigilance et de la responsabilité dans les milieux de soins. Les réformes initiées à la suite de l'affaire Cullen visent à renforcer les contrôles et à améliorer la sécurité des patients. Cependant, elles soulignent également la nécessité d'une surveillance continue dans les soins de santé.

L'histoire de Charles Cullen, bien qu'extrêmement troublante, nous offre une opportunité de réfléchir sur ces enjeux cruciaux et sur les mesures nécessaires pour préserver la confiance et la sécurité dans les environnements de soins.

Épilogue.

Alors que nous arrivons au terme de ce livre, une sensation persistante nous accompagne, celle d'avoir voyagé dans les recoins les plus sombres de l'esprit humain. Nous avons exploré les vies et les actes de certains des tueurs en série les plus notoires, traversant des paysages de peur, de confusion et, parfois, d'une compréhension troublante.

Ces histoires, bien que terminées sur le papier, continuent de résonner en nous. Elles nous rappellent que le mal peut se manifester là où on s'y attend le moins. Elles nous interrogent sur la nature de la justice, la capacité de l'esprit humain à infliger et à endurer la souffrance, et sur ce que cela signifie pour notre société. Mais au-delà de l'obscurité et de la tragédie, cet ouvrage a également été un hommage aux victimes. Ces histoires, dans toute leur noirceur, nous rappellent les vies qui ont été brutalement interrompues et les familles qui continuent de chercher la paix. En leur mémoire, nous avons tenté de raconter ces récits avec respect et dignité, espérant apporter une lumière sur leur souffrance souvent oubliée.

En tant qu'auteur, je suis conscient que ce voyage n'a pas été facile. Il a exigé de nous de faire face à des aspects de l'humanité que beaucoup préfèreraient laisser dans l'ombre. Pourtant, je crois fermement que c'est dans la confrontation de ces réalités sombres que nous pouvons trouver la lumière : une meilleure compréhension de la complexité de l'esprit humain et une appréciation renouvelée pour la valeur de chaque vie.

Je vous remercie de m'avoir accompagné dans cette exploration. Que les histoires de ce livre vous aient apporté une nouvelle perspective, un moment de réflexion, ou simplement un rappel de la préciosité de la vie, j'espère que vous emporterez avec vous un fragment de la compréhension et de l'empathie que ces récits cherchent à cultiver. Dans l'espoir que cette lecture ne soit pas simplement la fin d'un livre, mais le début d'une réflexion grandissante à travers le true crime.

Si vous avez apprécié ce livre, n'hésitez pas à laisser votre avis à propos de celui-ci sur Amazon ! Nous vous serions tous extrêmement reconnaissant : moi-même, l'équipe de « Le Corbeau Éditions » qui m'a énormément aidé pour ce livre, ainsi que toute la communauté française des passionnés de true crime ! Pour cela il vous suffit de flasher le QR code ci-dessous !

À très bientôt pour de nouvelle histoires…

Dans la même collection.

Découvrez Plus de Mystères et d'Intrigues. Si les pages de ce livre vous ont captivé, <u>votre voyage ne doit pas s'arrêter ici.</u> Nous avons préparé pour vous une sélection de livres tout aussi captivants, chacun explorant les recoins sombres et complexes du true crime.

Pour découvrir ces autres œuvres passionnantes, scannez simplement le QR code. Vous serez dirigé vers une collection soigneusement sélectionnée de nos meilleures publications, chacune promettant de vous emmener dans un nouveau voyage à travers des histoires mystérieuses.

Que vous soyez un amateur de mystères non résolus, un passionné d'histoires criminelles réelles ou simplement un lecteur en quête d'aventures palpitantes, notre collection saura répondre à votre curiosité. N'attendez plus pour étancher votre soif de savoir. Plongez dans notre collection et continuez à explorer le monde du true crime.

Le Corbeau Édition.

Printed in Great Britain
by Amazon